JN242908

LOSER

犯罪心理学者の不埒な執着

鏡 コノエ

white heart

講談社X文庫

目次

イラストレーション／石原　理

LOSER　犯罪心理学者の不埒な執着

序章

澄んだ秋晴れの午後、都内某所で開かれた講演会の客の入りは、チケット即日完売に追加席も販売され、当日券にも長い列ができるほどの盛況ぶりだった。

エントランスホールにはテレビ各局にラジオ局、出版社から贈られた花々がところ狭しと飾られ、噎《む》せるような芳香のなか目映《まばゆ》いほどだ。メインホールに集まる観客も花に負けじと着飾り、主役の登場を待って、そわついている。

講演会は【犯罪心理学入門〜現代社会に潜むサイコパス】と、比較的社会派なテーマにもかかわらず、観客の九割以上が女性だ。席に着くなりハンドミラーを出し髪やら化粧やらを直している様子は、凶悪事件よりも顔のシミや皺《しわ》のほうがよほど大事件のようだ。

ホールに隠しカメラがあると知らない観客は、主役の登場前の準備に余念がない。その様子を楽屋で着替えながらモニター越しに冷めた目で見ていた林田穂純《はやしだほずみ》は、今日も香水臭いだろうな——と、オリエンタルな風貌《ふうぼう》に機嫌の悪さを浮かべていた。

林田は犯罪心理学者である。

三十六歳という若さで教授職に就く彼は、近頃出版した本がベストセラー入りしたのをきっかけに、朝の情報番組のコメンテーターに抜擢《ばってき》され、今やメディアに引っ張りだこの毎日を送っている。その合間を縫っての講演会は常に満員御礼《おんれい》だが、訪れる客は講演内容というより、どちらかといえば林田本人見たさに集まっているような傾向があった。

楽屋にも既に数えるのを放棄したくなるほどのファンレターと差し入れの箱が運び込まれていた。先日発売された雑誌のインタビュー記事に好きなブランド名が掲載されていたおかげか、やたらとその箱が目立つ。適当に答えたつもりだったが大層な影響力だ。

昨日発売の雑誌では『彼氏にしたい男性』のトップテンに入っていたらしい。まるでアイドルのような扱いだが、勿論《もちろん》林田自身も気づいていた。自惚《うぬぼ》れというより寧《むし》ろ容姿や経歴からすれば妥当なことだと思っている。

男性的な相貌《そうぼう》に体軀《たいく》。日々学者業に追われているのに、時折モデルの仕事が舞い込むだけあって外見には自信があった。

頭脳と容姿と名声が揃《そろ》えば、放っておいても人は集まってくるものだ。誘蛾灯《ゆうがとう》にでもなった気分だが、今後のキャリアを思えば悪いことではないだろう。

開演五分前。モニターに映されたホールは満席だ。上着に袖《そで》を通し、鏡に向かいながら後ろに流した前髪を撫《な》でると準備オーケーだ。ノックが聞こえて、スタッフが顔を出した。

「林田先生、宜《よろ》しくお願いします」

「ああ、今行く」

演説原稿を手にして歩きだすと、鏡の前に置いたスマートフォンが音を立てた。

間の悪い電話だ。普段は放っておくが、数年ぶりに聞いた着信音に足が止まっていた。きびすを返した途端に「先生、開演間もなくです」と、スタッフがせっついた。

「わかってる。すぐだから」

宥《なだ》めながら画面を確認すると、やはり懐かしいところからの電話だ。

『西河《にしかわ》内署／関口《せきぐち》』

もう二度と連絡してくることはないと思っていた相手からの電話に、出るのを一瞬躊躇《ためら》った。しかし二度と電話してくることはないと思っていた相手だ。何か予感めいたものを感じて通話を押すと、『チッ』といきなり舌打ちが聞こえてきた。

『あー…林田さん？　俺が誰かわかります？』

大方『出やがった』とでも思っているのだろう。無愛想で不誠実な口調は相変わらずだ。「わかるよ」と、ぶっきらぼうに返事をすると『ですよね』と白けた様子で返された。

「用件は？　捜査協力してくれだなんて今更言わないだろう」

『ああ、言わないね。言うもんか。正直なところ二度と関わりたくなかったが、生憎《あいにく》そうもいかなくなった』

「いいから用件を言え。忙しいんだ」

ああ、そうかい。と、関口の小馬鹿《こばか》にした口調は相変わらずだ。電話に出なければよかったと早々に後悔しはじめた矢先、思いもよらぬ名前を耳にした。

『あんた、志水一之《しすいかずゆき》とは連絡を取っているか』

「え……？」

志水、一之？

『どうなんだ？　志水一之とはまだ繋《つな》がっているのか？』

「――ッ。志水に何かあったのか⁉　今どこにいるッ」

『どこって、ここにいなきゃ電話しないだろうが』

咄嗟《とっさ》に声を大きくした林田のリアクションに、関口は苦笑いしているようだ。

林田は三年ぶりに聞いたその名に興奮して総毛立ち、鼓動が速くなっているのを自覚した。耳の裏がどくどくと鳴りだして煩《うるさ》いくらいだ。

「無事なのか」

『無事って……おいおい』

「どっちなんだ、言え！」

『ああ、生きてるよ』

「生きてる……」

腹の底から湧《わ》き上《あ》がってくる歓喜に震えながら、林田は口元を押さえていた。

彼が生きている。それはなによりの答えだが、しかし今になって突然現れるなんて、一体なんの奇跡だろう。

志水一之——その男は三年前に消息を絶って以来、長らく探し続けている男だった。

『その様子じゃ、どうやら会ってないみたいだな。どうりで。納得だ』

「今どこにいる」

『うちの署だ。重要参考人で事情聴取を受けているんだが、どうにも曖昧《あいまい》でな。というか、なんだか別人みたいで』

「話は後だ。今すぐ行くから絶対に逃がすなよ！」

話している時間が惜しくて口早に伝えると、林田は通話を切った。

「クソッ、やっと見つけた……ッ」

バッグに私物を詰め込んで楽屋を飛び出した途端、慌てたスタッフが追いかけてくる。通路で待っていた関係者連中も、二人のただならぬ様子に気づいて後をついてきた。

「先生、講演は！」

「急用ができた。帰る」

狭い通路に、えぇ！　と、衝撃と不安の声が上がったが、足を止めて説明している時間すら林田には惜しい。それよりも車のキーをどこにしまったかを探し当てるほうが先だ。

「満席ですよッ。時間も押してますし、大勢のファンが先生の登場を待っています！」

バッグの中を探りに探り、ジャケットやスラックスのポケットに手を突っ込み、漸《ようや》くキーを見つけた。そういえば駐車場が遠いのだった。舌打ちして歩く足を速めると、背後でキーキーとスタッフや関係者たちが呼び止める。

先生、戻ってください！

ドタキャンなんて大問題です！

せめて顔を出して挨拶《あいさつ》してください！

ファンに申し訳が…………………！


「今はそれどころじゃねーんだよ」


背中越しに投げつけられる耳障りな雑音に足を止め、振り返りざま睨《にら》みつけていた。

百八十を優に超える長身のおかげで、その場にいた全員を冷ややかに見下ろすと、皆が一瞬にして脅《おび》えた表情で半歩後ずさっていた。

彫りの深いオリエンタルな容貌のおかげで、不機嫌になると威圧感が半端ないのだ。そうと知っていて意識的ににこやかにしていた林田だが、今はそんな心の余裕はなかった。

狭い廊下は、しーんと静まりかえっていた。一睨みでこの場を支配した林田を、誰も引き止められなくなっている。これ以上この場にいてもルサンチマンを生み出すだけ。

「おつかれ」と短い一言を残して、林田はさっさと会場を出ていった。

第一章

暖房が効きすぎた取調室で、志水一之《しすいかずゆき》は重い目蓋《まぶた》を開こうとして諦《あきら》めた。

昨日から目蓋の奥にべったりと貼《は》り付いた眠気は、一夜明けた今でも癒《い》える様子はなかった。薄着なのを気遣ってか取調室に入るなり肩から毛布をかけられては、眠気に抗《あらが》うことなどできるはずもなく。机に肘《ひじ》をつきながらうとうとしはじめると、肩を叩《たた》かれた。

「あんた、よっぽど眠いんだな」

なんとかという一重眼《まなこ》の軽薄そうな顔つきの刑事に呆《あき》れられたが、わかっているなら起こさないでほしい。

今は誰かと話すよりも、頭の中に貼り付いた泥のような眠気を落としたい。狐《きつね》を連想させるような細面の刑事の一言に、はあ、と曖昧《あいまい》に返事をしながら、じわじわと重たい目蓋を閉じはじめると、机を叩かれた。

「だから寝るなって」

とんだ嫌がらせだ。ある意味拷問ではないか。伸び放題の前髪の隙間《すきま》から睨《にら》んだが、刑事は面倒臭そうな様子で頬杖《ほおづえ》をついて、腕時計を見ている。

「あのさァ、こっちも仕事なんだから付き合うけど、だんまり決め込んだところで疑われるだけだぞ。眠いのはわかったから、さっさと話をさせてくれないかなァ。いくつかの質問に答えるだけでいいからさ」

質問なら昨日から幾度もされていた。

ナマエだとかジュウショだとか、ドウシテアソコニイタノカだとか、眠気に耐えながらぽつぽつと答えていたはずだが、狐顔の男は耳が遠いのか、はたまた物覚えが悪いのか、また今日も同じことを繰り返されて億劫《おっくう》になってしまった。

こちらは眠気と頭痛でぐらぐらしているのに、うんざりだ。

「あんたが正直に答えてくれたら、すぐに終わるって。終わったら帰してやるからさ」

幼子を攫《さら》う変質者のような一言だが、生憎《あいにく》幼子の時代は随分前に終わっているのだ。そんな怪しげな甘い言葉に惑わされはしないが、今すぐ帰りたい欲求はある。

その前に頭痛薬をくれないだろうか。飲めば少しは楽になるような気がするが、それを言うのも面倒臭くて机に突っ伏していくと、今度は肩を揺さ振られた。

「ほら、寝るな。赤ん坊じゃあるまいし、どんだけ寝たら気が済むんだよ。こっちは昨日から碌《ろく》に寝てないっつーのに」

自分の寝不足を棚に上げて、刑事だというだけで名前も知らない男に嫌味を言われる道理はなんだ。納得いかないが、眠いのだから仕方ない。

クシュッとくしゃみをすると、刑事が盛大に顔を顰《しか》めながら背筋を反らした。

「おいおい、風邪なんてうつさないでくれよ。あんなところで寝るからだ」

あんなところ。あんなところ。どんなところ……？

暫《しばら》く考えて、空き地の草むらを思い出した。秋が深まり、ここ数日急に冷え込んできたからか、草むらでの野宿は確かに凍えるものだった。こんなときは温かなスープを飲みたいのに、目の前にあるのは冷えた番茶だけ。

一時間以上も前に出されて冷え切った湯飲みを見ていると、またくしゃみが出た。

「くしゃみばっかりじゃ答えにならねーだろ」

くしゃみをするたび嫌がられた仕返しに、わざと咳《せ》き込《こ》んでやると少し気が晴れた。

狭い室内は晩秋とは思えないほどに暖かくて、眠気に一層拍車がかかる。

机に突っ伏そうとした途端に邪魔をされて内心舌打ちした。突っ伏して寝るのが駄目なら部屋の隅で寝てやろうかと思いはじめたとき、ドアの向こうが急に騒がしくなって、男が飛び込んできた。

「志水！」

男はこちらを見ながら叫んだ。

「おい、取り調べ中だぞ、勝手に入んな」

狐顔の刑事がすぐさま怒ったが、こっちは男のあまりの大声に肩がビクンと跳ねて、目を見開いていた。

「し……志水か？」

男と視線が合うなり、彼も驚き顔で目を見開いている。

肩幅が広くて背の高い男だ。日本人にしては彫りの深い濃いめの顔立ちで、窪《くぼ》んだ眼窩《がんか》からでも睫毛《まつげ》がはっきりとわかる。全体的に自信に溢《あふ》れた雰囲気の男は、こちらを一点に凝視したきり固まっていた。

でも固まっているのは、こちらも同じだ。

この男は一体、誰だ。

いや、わかる。

わかる気がする。

見覚えがある、多分。

多分、そう――――。

「ろ………」

眠気が遠のくほどの熱視線と気迫に呑《の》まれて、久しぶりに声が洩《も》れていた。

「ろ？」

気の抜けたその声を狐顔の刑事があざとく聞きつけて、振り返るなり一緒に見つめてきた。余計に心地が悪くなったが、自分でもなぜあんな声が出たのかわからなかった。

「今、『ろ』って言ったよな？　喋《しゃべ》ったよな？」

刑事の子供じみた問いかけに返す気もなく、突然現れた男を見返した。

狭い取調室のドアの向こうには、数名の刑事らしき男たちが渋面を浮かべている。男の背中めがけて忌々《いまいま》しげに一睨みしてドアを閉めていた。

どうやら招かれざる客のようだった。少しだけ興味が湧《わ》いたが、しかし取調室にずかずかと入ってこられるような客とは、誰だろう。少しだけ興味が湧いたが、頭痛も酷《ひど》いし探るのは面倒だ。せめて頭痛薬でもあれば……と思うこちらを男は凝視しながら、眉間《みけん》に深い皺《しわ》を刻んでいる。そして首を傾《かし》げながら、じわじわと近づいてきた。

「本当に志水……か？」

「ああ。昨日の聴取でそう言っていた」

「お前には訊《き》いてない」

狐顔がチッと舌打ちして机に頬杖をついた。

「志水、お前、なんて格好してんだよ。ホームレスのコスプレか？　美人が台無しだ」

美人って。と狐顔が失笑していたが、男はハンサムなその顔を怪訝《けげん》そうに曇らせながらも真剣だ。しかも無遠慮に顔を覗《のぞ》き込《こ》んでくるし、どいつもこいつも失礼な奴《やつ》らだ。帰りたい。帰って眠りたい。

「おい志水。何か言え。俺がわかるか？」

わかるような、わからないような。今となっては記憶も曖昧だ。

なんとなく喉《のど》の奥に引っかかっているような気もするが、仮にわかったとしても今は口を開くのが億劫だから返事はしない。そんなこちらの態度をどう見たのか、男は呻《うめ》きながら思案するように顎《あご》を撫《な》でていた。

「ＰＴＳＤによる反応か」

「目を覚ましてからずっとこうだ。俺が何を聞いてもぼんやりで、自分の名前と、携帯番号を言ったくらいで、あとは聞いているんだかいないんだか、とにかく手応えがない。まったく……どいつもこいつも勘弁してくれよな」

はああ……と、刑事が溜《た》め息《いき》を吐《つ》いて、椅子《いす》にふんぞり返った。

「で、ピーティーなんとかってのは」

「心的外傷後ストレス障害だ。大まかに言えば災害や重大事故、犯罪などで強烈な精神的衝撃を受けた後、一ヵ月以上の無気力症や激しい恐怖に襲われる症状だな。これくらいは研修でも説明するだろう」

「捜査が忙しくてな」

「風俗店の摘発だろ。今は生活安全課じゃないのか」

「刑事課だ。――で、そのピーティーエーの可能性は」

「ＰＴＳＤだ。からかっているなら、自分の知能レベルの低さをひけらかしているようなものだ。金輪際やめたほうがいいぞ」

男の冷ややかな視線がおかしくて、口元がわずかに緩んだ。狐顔には昨日からイライラさせられっぱなしだから、手加減しない男の返しが心地いい。

「その可能性はどうなんだって聞いてるんだ。ストレスで会話ができないってのか」

「詳細な検査をしてみないことには判断できないが、俺は違うと思ってる」

「じゃあなんだ」

「拘禁《こうきん》反応による擬死反射にしては、俺に対する反応が見られるから違うだろうな」

「なに？」

「だから……お前にいちいち説明しなくちゃ駄目なのか」

男は心底失望した様子でかぶりを振っていたが、言われたほうは確かに気にはなる。

「狭い檻《おり》や部屋に閉じ込められた結果、どうしていいのかわからなくなる反応だ。擬死反射ってのは、囚人に時折見られる反応で死んだように動かなくなることだ。逮捕された途端に無気力になるあれだ。見たことあるだろ？」

「ああ、なるほど。はじめからそう言えばいいのに」

「だから言ってる」

「あんたが専門用語で話すからわかりづらいんだ」

それは狐顔に賛成だが、生憎拘禁反応でも擬死反射でもなく、単に頭痛が酷くて眠いだけだ。喋る喋らないは自由だし。

「単に腹が減ってるのか？　食事は？」

「今朝、弁当を出した。ほとんど手つかずで残していたがな」

朝はトーストとコーンスープと決めているからだ。希望メニューを聞かずに弁当を押しつけてくるそっちが悪い。

「まだ任意同行だろう？　犯人扱いされて昏迷《こんめい》したのかも」

「こっちは質問しているだけだ。正当な手順を踏んでる。あんたこそ、勝手に入ってきて妨害もいいところだ」

「俺は呼ばれたから来たんだ」

「呼んでない。確認だ」

「志水、こいつに変なこと言われてないだろうな」

変なことの意味はわからないが、間近で見た男の容貌《ようぼう》は、雄臭い風貌のくせに目尻《めじり》に優しげな色気を帯びていた。

異国の血が混ざっているのか、全体的に彫りが深くて目鼻立ちに力があるし、上下の睫毛も長いし濃い。

一見すると暑苦しそうなパーツが完璧《かんぺき》な均衡を保ち、男を魅力的にしている。

すこぶる眠くて目蓋が閉じそうなのに、どうしてか男の観察をやめられない。

セレブ女性か高学歴女子にモテそうな風貌だと、伸び放題の前髪の隙間から吟味していると、ふいに顎を摑《つか》まれて上向きにされていた。

「……っ」

続けざまに前髪を搔《か》き上《あ》げられて視界が急に開けると、蛍光灯が眩《まぶ》しくて目を細めた。
二、三度と瞬《まばた》きする近くで、男がまた凝視してくる。
「お前なぁ、顔くらい洗え。髪も。三年ぶりの再会に抱きしめてキスする気満々だったが、これだけ酷いと罰ゲームにしか思えない。俺を試しすぎだ」

別にそんなつもりはない。ハンサムなその顔を押し返そうと手を挙げると、今度は手首を摑まれた。咄嗟《とっさ》に払《はら》い除《の》けようとしても摑んだその手は力強くて動かせない。

「きたねぇ爪《つめ》してんな……お前、いつから風呂《ふろ》に入ってないんだ。臭うぞ」

いつからだろう。覚えていないが男に関係ないではないか。今は風呂よりも眠りたい。

「それにこの髭《ひげ》。まったく似合ってないぞ。自分の顔を鏡で見たのか？　それでも髭を伸ばそうと思ったのか？　理解に苦しむぞ」

ほら、と腕を引っ張られ立たされると、毛布が床に落ちて、尚《なお》も男が声を上げた。

「おい、関口《せきぐち》。事情聴取する前に風呂に入れてやろうと思わなかったのかよ。ジャージの一枚くらいあるだろうが」

「俺はこいつの世話係じゃねぇし、ここは銭湯でもねぇよ。逮捕すれば話は違うがな」

「今は事件現場にいた重要参考人で、任意同行しているだけだろう。だったら帰っても問題はないはずだ。要請があれば俺がこいつを出頭させればいい」

　まあな。と、狐顔の関口はおもしろくなさげに答えた。

「そもそもここは、志水とも俺とも関わりたくないはずだろ。こいつの実家に問い合わせしたのか？　連絡先は聞かなくたってわかることだろうが」

「うるせぇなァ。もういい、帰れ帰れ。お前らと関わっても碌なことにならない」

「勿論《もちろん》そうさせてもらうさ。行くぞ、志水」

　この男が現れて突然の解放だ、意味がわからない、しかし眠れるならそれでもいいと蹌踉《よろ》めきながら歩きだした。

　しかし、行くと言われてもどこへだろうか。聞くタイミングもなく強引に歩かされる。

「ただし決定的な証拠が出たときは容赦しないからな。逃げても無駄だ」

「大口叩くならＰＴＳＤを理解してからにしろ。――ほら、志水。家に帰るぞ。帰ったら、まずは風呂だ」

　家ってどこだ、それに風呂よりも睡眠が先だろう。痛む頭で考えながら、何者かもわからない男に連れられ部屋を出ると、今度は大勢に睨まれた。

　二人の話から察するに全員警官なのだろうが、睨まれる理由がわからずに眉《まゆ》を顰《ひそ》めて、男は気に留めずに歩き続ける。広い背中が少し頼もしく見えたが、摑まれた腕は痛い。

「林田《はやしだ》先生」

ドア口で関口に呼ばれて、男が振り返った。

「散々痛い目に遭ったくせに、まだそいつにご執心なんだな。今や時の人だってのに」

「それだけの価値があるからだ。――悪いか？」

痛い目？　価値？　意味がわからない。馬鹿《ばか》にしているその顔が気に入らないが、言い返すチャンスもなく警察署を出ていった。


駐車場に停《と》めた白のベンツの助手席に押し込められると、車はすぐに動きだした。カーステレオから微《かす》かに流れてくるのはクラシックとわかるだけで、曲名は知らない。耳を澄ましていると、一瞬遠のいた眠気がぶり返してきてあくびが出ていた。

「遺体発見現場で野宿したんだってな。死体に添い寝してたって、関口から聞いたぞ」

あの関口という狐顔は刑事だが、この林田という男は何者だろうか。

微笑を浮かべている鼻筋の通った横顔を見つめていると、こちらの視線に気づいたのか、一瞥《いちべつ》して大きな笑みを描いた。

「なんだ。久しぶりで見惚《みと》れたか」

白い歯が覗くくらいの笑顔になると、知性的な顔に子供っぽさが滲《にじ》んで急に人懐っこく見える。怖い顔をしたときは背筋が強張《こわば》るくらいの気迫なのに、このギャップは女性にも男性にも魅力的に映るだろう。

　ピカピカの高級車だし、ヨットかクルーザーか持っていそうな雰囲気の男だ。

「だんまりかよ。もしかして腹を立ててるのか？　言っとくが、俺は散々お前を探したんだからな。この三年間、片時だって忘れたことはない。勿論警察にも訴えたが当てにはならないし、探偵も同じだった。だからこそ、俺がメディアに出ることでお前に気づいてもらいたかったんだ。携帯の番号も変えてない。――おい、志水。聞いてるか？」

　べらべらと勝手に話し続ける隣で、窓の外をぼんやりと眺めていた。

「よりにもよって、こんな街にいなくたっていいだろうに」

「こんな街？」

　その言葉が引っかかった。

　咄嗟に言葉が出ると、運転席の男が一瞬驚いた顔をした。

「なんだ。喋れるじゃないか。明日にでも病院に連れていくかと考えていたぞ」

　よく喋る男だった。こちらが何も言わないから、無理して話しているのかと思うくらいに、勝手に話をしている。

「こんな街って？」

「西河内《にしかわち》は日本有数の歓楽街だ。風俗だらけってことさ。あの警察署も凶悪事件を扱うより寧《むし》ろ、違法風俗店の摘発が専門になってる。あとは麻薬摘発に外国人のいざこざか。とにかく物騒な街だ。おかげで俺にとっては絶好の研究現場だったけどな」

「研究、って」

「おい、三年経《た》って俺の仕事も忘れちまったのか。テレビくらいは観《み》てるだろ？　もしかして電気が止まってるとか言わないよな。そもそも実家にいないってどういうことだ？　まさか一人暮らししてんのか？　お前が？　おいおい、冗談だろ。お前が家事だの掃除だの想像ができないぞ。働いてるなんて言わないよな？　それはないだろ」

とにかくよく喋る男だ。林田という謎《なぞ》の男と密室にいるだけでも若干ストレスなのに、続けざまに質問攻めにあうと疲れてしまう。

それにしても、この車はどこへ向かっているのだろうか。

見慣れた街並みが流れていく光景に心細さを感じていた。帰って眠りたいけれど、街並みを見ていると、あの場所も少し気になった。

「やっぱりないな。髪も髭も伸び放題だし。そのセーターはクリーニングしてんのか？　風呂は？　しかしなんだって、そんな汚い格好してるんだ」

車窓を見ながら聞き流していると、頬を軽く抓《つね》られた。

「なんか言え。どうしてそんなホームレスまがいな格好になった」

「このほうがあったかい」

子供じゃあるまいし、頬を抓られるなんて初めての体験だ。抓られた左の頬を撫でると、林田が、はあ⁉　と、大袈裟《おおげさ》に驚いた。

「暖を取るなら、他に幾らでも方法があるだろうが……」

赤信号で車を停めるなり、男はハンドルに突っ伏していた。深い溜め息を落としながら漸《ようや》く顔を上げると、哀れみの表情をこちらに向けている。

「人間ってのは一度怠惰を覚えると、転がる石のように簡単に悪化していく生き物だ。アルコールは？　適量の摂取を心掛けているか？」

「飲まない」

「お前が禁酒？　へえ。それは結構なことだ。だったら薬は？　警察には黙っててやるから、俺だけには正直に言え」

「頭痛薬が欲しい」

「頭痛薬という名の新手の」

「頭痛薬。頭が痛いんだ」

黙っていたら中毒者にされそうで素直に打ち明けると、すぐさま額に手を当てられた。

信号が赤から青へと変わり再び車が流れはじめる。

「熱はないみたいだな。秋の終わりに野宿なんてするからだ」

したくてしたわけじゃないが、理由を伝えるのが億劫だった。

「関口も関口だ。どうして昨日のうちに連絡してこなかったかな。せめて風呂くらい入れてやれよ。地味な嫌がらせしやがって。今頃嗤《わら》ってるぜ」

「あいつ、拾った財布の金、盗んでる」

別れ際に見た嘲笑《あざわら》いを思い出して機嫌の悪さが蘇《よみがえ》ると、おもわず零《こぼ》していた。

「赤い財布。一万二千円と小銭」

「見てたのか？」

見ていたかといえば見ていたが、返事をするよりも先に林田は呆れたように嗤った。

「あいつの性格からして累犯の可能性はあるな。ま、こそ泥はこそ泥にしかなれないものだ。関口らしい」

林田も気が晴れたのか、くつくつと肩を震わせている。つられるように、口元がまた少しだけ緩んでいた。

「どこへ向かってる」

「ひとまずお前の家だ。昨日の取り調べで答えた住所でいいんだろ？　関口から事前に聞いていたんだ。ナビにも入れてある」

「ここから、あの場所は近いのか」

「あの場所って？　事件現場のことか？」

一つ頷《うなず》くと、前髪の隙間から枯れ葉の欠片《かけら》が落ちてきた。乾ききった茶色いそれを指で抓《つま》むと、鼻孔の奥に冷たい土の臭いが蘇る。

夜霧がうっすらと漂う空き地は、腰丈まで枯れ草が針のように茂り、踏むたびにパキパキと音を立てていた。

茂みの奥の奥を覗くと、そこには横たわる彼女がいて――、

「あそこに行きたい」

月明かりに見えた彼女の暗く虚《うつ》ろな瞳《ひとみ》を思い出しながら、志水はぼんやりと呟《つぶや》いた。

「戻ったところでテープが張られているし、もう何もないぞ。見張りの警官か野次馬がいるくらいだ」

でも行きたい。と、二度《にたび》伝えると、林田は急に面倒臭そうに呻いて、車を道路の隅に寄せて停車させた。上着の腰ポケットから携帯を出すなり顔を顰めたが、すぐにどこかへ電話をかけていた。

「関口、事件現場の住所を教えてくれ」

電話の相手があの狐顔の刑事だとわかると、クラシックが微かに流れる車内に、誰が言うか！　と文句が聞こえてきた。嫌味を一言二言交わすうちに、それでも教えてくれたようだ。林田はカーナビに打ち込んで、礼もなく通話を切った。

「面倒事の報酬にキスの一つも欲しいが、今のお前じゃな……歯、磨いてるか？」

返事をしないでいると絶望的な顔をされてしまった。いちいちリアクションの大きい男だ。見ていて飽きないが、少し疲れる。

「あの志水がなぁ……朝露に濡《ぬ》れた白百合《しらゆり》のごとく麗しき志水一之様がな……。今のは言いすぎでもなんでもなく事実だ。しかし、なんでそうなったかな……これは悪夢か？　間違いなく悪夢だな」

再び車を出した林田は暫くぼやきっぱなしだった。

「俺が初めてお前を目にしたとき、小生意気なガキだとは思ったが、それでも身形《みなり》は整っていたぞ。寧ろ俺以上に気を遣って色気出まくりで目のやり場に困ったくらいなのに、なぜだ。一体どういう心境だ」

さあ。と、適当に返事をしたが悩めるぼやき男の横顔は真剣だ。

どういう心境かと聞かれたが、林田の言葉を借りるなら、人は一度怠惰を覚えると、転がる石のように簡単に悪化していくからだろう。風呂に入らなくたって困らないし、死にはしない。

「やっぱりあれか……」

ぽつりと呟くと、林田は少しの間、黙り込んでしまった。

やっぱりあれ、とは、何のことだろうか。

眠気を誘うクラシックが漂う車内に、沈黙は息苦しい。

少し疲れると思ったばかりなのに、林田の話し声が聞こえなくなると耳が寂しくなってきた。だからといって、何か話してくれ——と言うのも気恥ずかしいような気がして、喉の奥で微かに呻いていた。

それから間もなくして車が停まると、窓の外に空き地が見えた。

結構な広さの空き地だが、今は立ち入り禁止のテープが張られて中に入ることはできない。しかも空き地の隅には簡易テントが張られ、警官が遠目にこちらを凝視している。

一歩でも踏み込めばチャンスとばかりに嚙《か》み付《つ》いてくる気満々の様子に、立ち入る気にはなれなかった。

「こんな枯れ草しかないような原っぱで、よく野宿ができたな。死体に添い寝までして」

「独りは寂しいって言ったから」

秋の風が空き地の枯れ草を撫でて、そして車から降りた二人の間を抜けていった。

遠くのテントの屋根がガサガサと荒っぽい音を立てている。それに視線を一瞬傾けて、また茂みの向こうを見つめると、視界の隅で林田が怪訝な顔をしていた。

「被害者と話をしたのか」

「聞いただけだ。寂しいと言っていた。独りは嫌だって。だから一緒にいた」

ここへ辿《たど》り着《つ》いたとき既に彼女は動かなかったけれど、側《そば》にいてやるくらいはできた。

「おいおい、ちょっと待て。被害者はまだ生きてたってことか？　酔っ払って、たまたま寝っ転がったら隣に死体があったとか、そういうんじゃないのか」

「暫く酒は飲んでない」

アル中みたいに言わないでほしいが、林田は「マジかよ」と勝手に衝撃を受けて頭を抱えだした。空き地の隅で警官が林田のオーバーなリアクションを訝《いぶか》しんでいる。怪しまれたら、こいつのせいだ。

「お前が、殺したのか?」

林田が急に低い声になった。なぜそうなるのかと心底呆れてしまう。

「おい、志水。どうなんだ」

「そう思うのか?」

真顔で訊かれて即座に返すと、考える様子もなく答えが出た。

「思わない。お前、人の生き死になんて興味がないだろ」

つい先ほどまで疑っていた風だったのに、意外な言葉が返ってきた。しかもそのとおりだから少し驚いてしまった。

「ああ。あの子《たち》も初対面だし」

「無差別か。質が悪いな」

「僕じゃないって」

「だが通報しなかった」

「彼女はもう死んでいた。でも独りは嫌だって言っていたから」

「ちょっと待て。ちょっと待ってくれ」

誰も何も急《せ》かしていないのに、また林田が呻きだして今度は額を押さえている。訊かなくてもわかる。余計な想像に頭を痛めている顔だ。

「わかったぞ。振戦《しんせん》せん妄の症状に近い。大酒飲みが突然断酒をはじめた離脱症状で起こるんだ。離脱症状ってのは、一般的にいう禁断症状だ。手の震えはないか？　断酒はいつからだ。いや、待て。振戦せん妄の幻視は虫や小動物が多いんだが……アルコール妄想症にしては嫉妬《しっと》妄想ではないようだし、ひとまずアルコール精神病を疑ったほうがいいかもしれないな」

「さっきから聞いていれば。そんなに僕を病気にしたいのか」

急に背中を向けたと思えば、ぶつぶつと独り言を言いだした男に志水は文句を言った。

「そうじゃないが、言っていることがおかしいだろう。被害者と会話したのに既に死んでいただって？　それは完全な妄想だ。お前、被害者には触れてないだろうな。遺体に指紋があったら、今よりも余計に立場が悪くなるぞ」

「それよりも腹が減った」

ぐう、と腹が鈍い音を立てて、背中を丸めていた。

「頭痛薬も欲しい」

風に当たったら、こめかみがズキズキしてきて指で押さえていた。頭は痛いし、腹は穴が空きそうなほどに減っているし、風は寒いし、眠いし早く帰りたい。

「言っておくが、現代の頭痛薬をいくら飲んだところで酩酊《めいてい》作用はないからな。それは大昔の話だ」

「頭が痛いだけだ。それとも僕を重病人か異常者にしたいのか」

「異常者ではなく、精神病質者だ。もう気が済んだなら家に行くぞ。飯も薬も風呂も帰ってからだ」

助手席のドアを開けてもらいおとなしく乗り込むと、林田は再び車を発進させた。

帰ってからだ——って、自分の家じゃあるまいし。

文句を言う気力も頭痛と空腹に邪魔されて、助手席でじっと縮こまっていることしかできなかった。

一方、ハンドルを握る林田はといえば、

「俺がいなくちゃ駄目だな。さっさと連絡してくればよかったんだ」

ぶつぶつと言っていたが、まだこの男が何者なのかよくわからない。

そもそも自分のことさえ、よくわかっていないのに。

だが不思議とこの男から逃げようとは思わなかった。単に面倒臭いだけかもしれないが、とにかく今日は疲れる日だ。

＊

コインパーキングに車を入れ、二人で車を降りた。

大通りの突き当たりに駅が見えた。カラオケや漫画喫茶、飲み屋が犇《ひし》めいている商業地区は夕方でもネオンが目映《まばゆ》く光っている。おい、と呼ばれて、林田と一歩細い道に入ると、途端にスナックやクラブのムーディなネオンが灯《とも》り、客引きらしき派手目な女性たちがたむろっていた。

林田を一目見るなり我先にと群がっては猫撫で声を出したが、彼は視線を合わせることもなく適当にあしらい追い払った。女性たちは不満そうにしながらも振り返ると、こちらを見るなり申し合わせたように化粧の濃い顔を歪《ゆが》めて、足早に通り過ぎていった。

「虫除《むしよ》けとしては成功だな」

林田が足を止めて横に並んで歩いた。

ハイクラスな男と、よれよれの薄汚いセーターを着る男が一緒に歩く奇妙な光景に、客引きの怪訝そうな視線が鋭く痛い。成り行きでそうなっただけでなぜこの男と並んで歩いているのか、こっちだって不思議で仕方がないのだが、林田に自分が特別視されているのは間違いないようだ。心地の悪さに自然と歩調は速くなったが、ハンサムなうえに足まで長い男は焦る様子もなく、街並みを眺めている。

「ここいら辺も調査で来たな。古いうえに怪しいビルが多いだろ。店の入れ替わりも激しいし。――ほら、あの喫茶店のある、五条ビルだ」

林田が指さす先に見えたのは、豪奢《ごうしゃ》な飾り文字で【ダンデライオン】と書かれた看板の喫茶店だった。この時代には珍しいほどレトロな店名だ。

綺麗《きれい》に刈り込まれた植木の向こうの格子窓からはオレンジの灯《あか》りが洩れて、本を読む客の姿や、談笑する女性客が見えていた。駅が近いだけあって客の入りはいいようだ。温かな光に誘われるように志水の足が向くと、林田もついてきた。

「このビルの五階にカルト教団が入っていたんだ。教祖と信者が六人だけの、教団というよりサークルだが終末論に駆られて集団自殺したんだ。当時は結構話題になったんだぜ」

「ビルの、五階」

店の前で立ち止まりビルを見上げると、張り巡らされた電線の向こうにぽつぽつと灯りが見えた。林田の言う五階だけは真っ暗で、窓ガラスにネオンが反射している。

「俺が五条ビルへ現地調査に来たのは、確か四年くらい前だ。その頃から夜昼構わず幽霊が出るだとか、変な声が聞こえるだとか、嫌な噂《うわさ》ばっかりだったな」

林田までが並んで仰ぎ見ていると、喫茶店から大柄な女性が出てきた。

「カズちゃん！　アンタ、今までどうしてたのよ！　心配したんだから」

ンもう！　と鼻声で怒った彼女は、筋肉質な躰《からだ》のラインがはっきりわかるグリーンのワンピースに、ウィッグとわかる赤茶の髪にレトロな柄のバンダナを巻いていた。

林田のときと同じく、まっすぐに見つめられて言われたということは、つまり自分を知っている誰かということだろう。

「またそんな汚い格好して！　ご飯は？　お風呂くらいは入りなさいって言ったでしょう。髪に葉っぱが絡まっているじゃない。もう、これだから男の子ってのは……！」

気遣ってくれるのは嬉《うれ》しいが、若干強めな力で頭を撫でられて、右に左にと蹌踉めいた。

「同じこと言われているな」

林田が嗤っている。彼に気がつくと荒っぽい愛撫《あいぶ》をやめて、「アラ！」と声を弾ませた。

「テレビによく出てる人じゃない!?　朝の番組の、なんとかの教授！」

「犯罪心理学」

そう、それそれ！　と彼女が手を叩いた。

「毎朝、目の保養させてもらっているわ。昨日の白シャツがセクシーで……！　胸板と太《ふと》腿《もも》の張りが最高ったらっ。朝に見るにはセクシーすぎたわ」

「そ、それはどうも」

朝から性的に吟味しすぎだ。林田が困ったような顔で愛想笑いをしていた。

あ、そうそう！　と、言い残して、何かを思い出したのか店に引っ込んでしまった。

「ここだけ昭和初期だな。知り合いか？」

聞かれて頷いたが、自信はなかった。

でも特徴的な人だから、なんとなく覚えている。このビルも、雑踏も、よく知っている景色と感覚だ。再び見上げている最中に彼女は戻ってきた。

「部屋の鍵《かぎ》、店で落としたでしょう。渡そうと思っても部屋にはいないし、待てど暮らせど帰ってくる様子もないし、今夜戻ってこなかったら捜索願を出そうと思っていたのよ。ちゃんと鍵かけてるの？　アタシが行ったときはかかってなかったわよ。ほら、ちゃんと持って。もう落としちゃダメよ」

強い手で握らされて、おとなしく頷いた。

飾りも何もついていない簡素な鍵にも覚えがある。ああ、大丈夫だ。覚えている。確信を実感すると、少しだけ意識が明瞭《めいりょう》になった。

「聖子《せいこ》さん。おなかがすいた」

そうだ。彼女は聖子さん。

喫茶ダンデライオンの店主で、以前はゲイバーのママをしていたと言っていた。美味《おい》しいコーンスープを出してくれる、お節介で賑《にぎ》やかな人。明瞭になった意識が記憶を少しずつ取り戻させていく。

「あとで部屋に持っていってあげるから、まずはお風呂に入りなさい。ホントに酷い格好してるわよ。――この先生はお客さん？」

「…………多分」

長い間の後で答えると、林田が眉間に深い皺を描いた。

「ここまで来て俺を追い返したら、簀巻《すま》きにして拉致《らち》しているところだ」

「アラ、そういうの嫌いじゃないわ」

気が合いそうね、と林田の腕を意味深に撫でて、彼女は店に戻っていった。

「今のが恋人だと言っても簀巻きで拉致だからな」

怖い顔で睨まれたが、恋人でもないのに嫉妬される理由がわからない。そもそも誰の目にも不釣り合いな二人だというのに、世話を焼く理由はなんだろうか。

「部屋は何階だ？」

「五階」

先に歩きだした林田を追いかけて、ビルに入った。

「五階⁉　おい、マジかよ。確か五階はワンフロアだよな……？」

林田は急に尻込みしはじめたが、構わずエレベーターに乗ると慌ててついてきた。

「お祓《はら》いはしたのか」

さあ、どうだろう。無言のまま首を傾げると、林田が絶望的な表情で天を仰いだ。

「神や仏、ましてや霊魂の存在を論じる気はないが、俺だってお盆には先祖の墓参りに行くくらいの誠意と誠実さはあるんだ。それくらいはしてくれよ……いや、寧ろしてやってくれよ……」

ぼやきを締めくくる溜め息が落ちると、エレベーターが五階で停まった。

林田の言うとおり、五階はワンフロアのみで、エレベーターが開くと目の前に玄関ドアがある。上半分が曇りガラスの簡素なアルミドアだ。鍵も簡単に開けられてしまいそうなものだが、別に盗《と》られて困るものもない。――ないはずだ。

戻ってきたばかりの鍵を使い入ると、ひやりと冷気が首筋を撫でた。

「寒い」

絞り出すように言ったきり、林田は中に入ろうとはしなかった。

元より招いたつもりもないし、勝手に押しかけてきたようなものだから放っておいて、スイッチを押して灯りを点《つ》ける。手は自然にスイッチを見つけていた。そしてちかちかっと、乾いた音を立てて蛍光灯が青く光ると、また林田が呻いた。

「きったねぇ！」

そうか？

普通だと思うが……。

「なんだこの部屋！」

「薄々そんな気はしていたが、やっぱりか！　ゴミくらい捨てろ。いや、もうこの家にあるもの全部捨てろ！」

「捨てる理由がないし、寒い」

「何度も言うが、暖を取るなら別の方法にしろ。鳥の巣作りじゃあるまいし、現代的で理性的なものだ。文明の利器を使え！　人間であることを忘れるな」

「覚えてるよ。——それくらいは」

まだ頭痛が癒えないのに大声を出されると疲れる。足場の悪い床を踏みしめ、ソファの上のものをどけると早々に寝転んだ。頭痛薬の箱を見つけて拾ってみたが空っぽだ。聖子さんに頼んでおけばよかった。寝たら治るだろうか。

「おい、水は出るのか？　ガスは？」

いちいち訊くくらいなら、点けて確かめればいいだろうに。

一向に返事をしないことに諦めたのか、ガサガサと音を立てながらキッチンへと歩いていく。よし、出るな。と安堵《あんど》した声がして、またガサガサと踏みしめている。

「ゴミを捨てられないのは、溜め込み障害という強迫性障害だ。今お前に話したところで、この大量のコレクションに比べれば俺の話なんてゴミ以下の内容だろうがな。ホーディングする時間があるなら風呂には入れないのか。ああ、ホーディングってのはゴミを溜める行為のことだ。ただ溜めるだけじゃないぞ、過剰にだ！　過剰に！」

過剰に溜めたわけじゃなく、捨てなかったら溜まっていっただけなのだ。

真実を知らないまま林田が浴室のドアを開けている。ぼやきではなく文句が聞こえて、水音と重なった。

林田は人の家で傍若無人《ぼうじゃくぶじん》に歩き回っては、何かを見つけるたびに文句を言っていたが、耳障りな子守歌だと思うことにして目蓋を閉じると、ノックがして聖子さんが来た。

「ハムサンドにコーンスープね。熱いから気をつけるのよ。掃除している先生もね」

「こんなゴミ溜めで食えるかよ。アンタも世話してるなら、掃除させりゃよかっただろ」

「何を言ったってしないし仕方ないでしょ。これでもはじめは掃除してやってたけど、アタシの手には負えなくなってきたの。でもラッキーよ。明日は燃えるゴミの日だから」

「俺が⁉」

「これ、指定のゴミ袋ね」

林田に向かって放り投げて、彼女は出ていった。そうだ、彼女はこういうところも親切な人だった。しまった。聖子さんに薬を頼むのを忘れてしまった。

「俺が全部やんのか………って、いま誰も強制してないとか思っただろ」

確かに思った。

「それ食ったら風呂だからな」

嫌だ。と顔を顰めたが、林田は上着を脱ぐと腕まくりして作業に取りかかっていた。食べる間も林田はぶつぶつと文句を言い続けながら、律儀に掃除の手を動かしていたが、食べ終えたのと同時に浴室に押し込まれた。しかもセーターを引《ひ》き剝《は》がされて焦る。

「自分でできるっ」

「できていたら風呂に入っていただろ」

訴えたが軽くあしらわれた。ほらっ、と乱暴にシャツを取られ、嫌がっているのに下まで脱がされて、心許《こころもと》なさに背を向けた。熱々のスープで温まったばかりなのに、寒い。どうしてこんな目に遭わなければいけないのか。この男は誰だ。全裸に戸惑う時間も与えられないまま湯をかけられて、浴室の隅で縮こまった。

「虐待だっ」

「ああ、そうだな。俺が悪趣味な快感を覚える前に、おとなしく洗われろ」

頭からシャワーをかけられて肩を竦《すく》めた。

髪を洗われて、続けざまに泡だらけにされ、躰の上をぬるぬると手が這《は》っていく。腰を左右から掴まれて、脇《わき》の下までゆっくりと這い上がっていく心地に、背筋がぞくりとして息が詰まった。

なんだろうこの感触……落ち着かない感覚が怖くて背中を丸めるなり、林田の手が胸を抱きしめる。

強引な手で胸を開かされたまま背後から抱きしめられて、硬直し目を見開いた。

「お前、変わったな」

耳元で林田が言った。

「まるで別人だ」

肩越しの低い声に視線だけを向けると、肩に顔を埋《うず》めてきた。

「細い腰も、薄っぺらな胸も三年前と変わってないのに」

「…………馬鹿にしてるのか」

「精一杯褒めてるよ。細くて折れそうな腕も、腰も、太腿もな」

手首から二の腕に、そしてまた脇腹をくすぐり腰へと落ちた手が、外腿を撫でてきて、背筋が強張った。軽く仰《の》け反《ぞ》った途端に彼の腕が腰を抱きしめてきて、また拘束されてしまう。

「何したいのかわかんないけど、……あんたの服が汚れる」

「汚れるのを気にしてたら、汚部屋なんて入ってねーよ」

ふっと嗤った彼の腕に力が籠《こ》もると、ぽつりと零した。

「逢《あ》いたかった」

吐息まじりの言葉の後、首筋にほおずりをされた。

そんなことをされても胸が締め付けられるだけで、どんな返事をしていいのかわからない。穏やかに暮らしたいのに、遠慮なく人の躰に触れてくるこの男は一体何者だろうか。困らせないでほしい。

頭にくるほどわからないことばかりだ。ずっとそうだ。

自分自身へのもどかしさと腹立たしさに奥歯を噛みしめたが、なんとなく彼に見覚えがある——という曖昧な答えしか見つからなくて、落胆に俯《うつむ》くことしかできなかった。

それでも林田は強い想《おも》いをぶつけてくる。受け止められずに戸惑うことしかできないのに、しつこいくらいに熱烈に。

この男と、過去に何かあったのだろうか？

わからない。何も思い出せない。思い出せないことに苛立《いらだ》っているのは、彼のことを知りたいと思っているからだろうか……？　それすら自信がなくて、そっと振り返り間近に彼を見つめると、吐息のかかる距離で彼もこちらを凝視した。

「髭、似合わねーぞ」

「それ、警察でも言ってた」

「長めの髪は、意外とイケる。でも前のほうがいいな。俺の好みだ」

男の好みなんて知らない。でもこの男は過去を知っている。

「……僕が何を言ったって切るんだろう」

どうしてか、そうされることがわかって口からそんな言葉が出た。

「ああ、髭も剃《そ》る」

自分でやる。と、言いかけたが、強引な男に抗うことができないのは、この数時間でわかりきっていた。

早々に白旗を上げて、好きなようにやらせた途端に林田はご機嫌だ。

男性的なその容貌に大きな笑顔が描かれるころには、髭も伸びた髪も、そして躰にこびりついた汚れも垢《あか》もすっかりなくなっていた。

漸く湯に浸《つ》かっても顔の周りがスースーして落ち着かない。湯船の中で膝《ひざ》を抱えながら丸くなると、どこから引っ張り出してきたのか鏡を手渡された。

「懐かしい顔のお目見えだ」

浴槽の端に腰掛けながら、林田はタイルに残る泡を流していた。そっと鏡を覗き込んでみると、そこには――――、

「……ああ」

知っている顔が目の前にあった。

「志水一之だ」

猫のような気高さを帯びた大きな瞳に、細筆で描いたような鼻梁《びりょう》。湯に火照り桃色に色づいた頬に、赤い薄い唇は可憐《かれん》な少女のようだ。顔も小さく首も細い。自分でも意外なほど若い容貌に驚きを隠せないが、間違いなくそれは志水一之の顔だ。

「僕だ」

志水一之は自分だった。

なんとなくそんな気はしていたが、確信が持てないまま、ずっと曖昧に過ごしていた。

たった今確実となって、その名と自分の存在が繋《つな》がったのは喜ばしいことだが、事情を

知らない林田はまた呆れて笑っていた。

「何言ってんだ。当たり前だろ」

濡れた髪をくしゃくしゃと撫でて、彼は立ち上がった。

「まともな服を探してくるから、暫く入ってろ」

素直に頷いて、肩まで湯に浸かった。

「頭痛は？」

「…………ない」

いつの間にか治っていた。

「そんなもんだ」

そう言って、林田は浴室を出ていった。

ドアが閉まり、一人になると、肩の強張りが自然とほどけていく。はじめは風呂なんて、と思っていたが、躰の芯《しん》まで温まって気持ちがいい。

ほう…と溜め息を零すと、また鏡の中の志水一之を見つめていた。

永遠に見つめていたいほどに綺麗な顔立ちの青年だ。

濡れた髪を掻き上げると、耳の少し上のあたりにミミズが這ったような傷が一本、細い髪の間から見えていた。

第二章

西河内署《にしかわち》の関口《せきぐち》から三年ぶりに連絡を受けて駆けつけた取調室で林田《はやしだ》が見たものは、以前の美麗な容姿とは大きくかけ離れた、とにかく酷《ひど》い有り様の志水一之《しすいかずゆき》だった。

ホームレスと見まごうばかりの彼を見たときは、部屋を間違えたと思ったほどだ。しかし伸び放題の前髪の隙間《すきま》から覗《のぞ》いた目尻《めじり》の気丈さに気がつくと、この薄汚れた男が彼だと納得せざるを得なかった。

それにしても酷い。はっきりいって汚い。とんでもなく臭い。生ける芸術品のような男が、なぜこうも変貌《へんぼう》してしまったのか？　それを問いかけても、志水は死んだ魚のような瞳《ひとみ》を向けるばかりで口を開こうとはしなかった。

本当に志水なのか？

あの、白皙可憐《はくせきかれん》な志水一之なのか？

警察署から出て、ビルに行くまでの道程に繰り返し考え続けたが、風呂《ふろ》に入れるまで絶対の確信が持てなかった。

だだっ広いだけの部屋は大量の新聞と雑誌が山を築き、纏《まと》めたきり放置されたビニール袋と脱ぎ捨てた衣服が床を覆って、足の踏み場もない状態だった。

トイレも似たようなものだが、幸い浴室は埃《ほこり》をかぶっているだけで、流せばすぐに使うことができた。嫌がる志水を無理矢理裸にしたときは少しは興奮するかと思ったが、どうにかしなければという気持ちが優先されて、色っぽい気持ちは微塵《みじん》も湧《わ》いてこなかった。とにかく洗うしかない。妙な使命感と保護欲に駆られ、全身くまなく泡だらけにしてやると、こびりついた汚れが剝《は》がれて、見覚えのある白い肌が現れていく。

ああ……、今度こそ込み上げるものがあって、自然と手が動いた。同じ男とは思えないほど滑らかな肌に、くびれた細腰が目につく。左右から腰を摑《つか》んだ途端に華奢《きゃしゃ》な躰《からだ》が小さく跳ねて、緊張に引き締まっていた。

顔を見なくても警戒しているのがわかる。躰は本物なのに、中身はまるで別人だ。以前の志水は抱きしめたくらいで警戒することなんてなかった。寧《むし》ろじゃれ遊ぶ猫のように無邪気で無防備で愛《いと》おしかったのに、腕の中の男は声も出せないまま萎縮《いしゅく》している。風貌だけじゃなく、違和感は一層濃くなっていった。

「お前、変わったな」

林田は言わずにいられなかった。

アルコール精神病を疑っていたが、無気力症候群の可能性もあるかもしれない。部屋に散らばる頭痛薬の空箱がやたら目についたが、ヤバい薬にまでは手を出していないようだ。それは幸いだが、志水自身に何か問題があるのは確実のようだ。

湯船に入れてやると、冷えていた躰が血の気を取り戻し、光沢のある瑞々《みずみず》しさを纏いはじめていた。

前髪がすっきりとしたおかげで目蓋《まぶた》を縁取る睫毛《まつげ》の濡《ぬ》れた艶《つや》まで見える。綺麗《きれい》な横顔だった。貪《むさぼ》りつきたくなるような唇と、水面に沈む肢体が目に眩《まぶ》しくて、どんどん直視できなくなってくる。

中身の違和感はともかくとして、この躰は別格だ。

本当ならば今頃再会を祝し、一糸纏わぬ姿でベッドの中だったかもしれないし、取調室で志水を見るまでは抱く気満々だった。白く透き通った肌に色づくほどキスして、汗とぬめりでどろどろになっていたかもしれないのに、どうして今シャワーで浴室の埃を流しているのか。

——くそっ……ヤりたい。

久方ぶりに本物を目にしたら、欲情が刺激されたようだ。

恋い焦がれたその人が三年ぶりにいるのだから当然だ。しかも全裸で。据《す》え膳《ぜん》状態にヤりたくて仕方がないが、この汚部屋で事に及ぶというのは林田のプライドが許さなかった。

激しくドアを叩《たた》く音に目が覚めると全身が重たかった。しかも寒い。

追い立てる音に舌打ちして林田は、ぺらっぺらの毛布を剝いで起きると、目尻を擦《こす》りながらドアを開いた。

「お。あんた、テレビで見たぜ」

てっきり下の喫茶店のレトロファッションな彼女だと思っていたら、いかにもやくざ風の、ヒョウ柄ジャージを着たパンチパーマのオヤジが舎弟二人を連れて現れた。アクの強い連中に一瞬驚いたが、林田はこの髭《ひげ》の中年男に見覚えがある。

「久しぶりだな、先生。ご活躍じゃねーか」

豪快に腕を叩かれて、その記憶が間違っていないことを知った。

「大家さん。どうも、お久しぶりです。その節は協力ありがとうございました」

「また調査か？」

世間を賑《にぎ》わせた事件の現場だというのに大家は最上階に住んでいて、久方ぶりの再会にも剛胆に笑っていた。

「いいえ、単に泊まっただけですから」

「へえ。泊まったのか。幽霊は出たか？」

「勘弁してくださいよ」

二人の会話を舎弟が笑っていた。一人はヤンキー上がりで、一人はインテリ風の青年だ。

「で、ご用件は？」

「おう。家賃の催促にな。三ヵ月分が未払いになってる」

「三ヵ月も……何してんだか……ったく」

部屋の奥のベッドの上の山をちくりと睨《にら》んで、林田は盛大に呆《あき》れていた。

「未払い分、俺が払っておきます」

「ついでに来月の分も頼むよ」

「来月って………」

ちゃっかりしている。

「あの兄ちゃんが払ってくれると思うか？　ここで会ったのも何かの縁だ」

いくらかと聞くと、集団自殺現場だけあって駅近くのビルにしては破格の安さだ。

幸い持ち合わせ分で払えたが、ふと気になることがあった。

「三ヵ月前からってことは、今までは支払っていたんですよね。あいつが？」

「入居時に纏めて振り込みがあったんだ。約二年半分だ。場所が場所だけに更新料もナシにしたしな。だが、それっきり振り込まれる様子もないし、催促に来ても兄ちゃんはいつも留守ときてる。先生に会えてラッキーだったよ」

短い指で何度も紙幣を数えたあと、どうも。と、大家は黒革のポーチに紙幣を突っ込んで受領書を切った。

「それでも追い出さなかったんですね」

曰《いわ》く付《つ》きの場所だけに入居者も決まらないのだろうが、以前の薄汚い姿の志水を見ても支払い能力があるとは普通思えないだろう。それでも三ヵ月待ったのだから外見とは裏腹に随分と優しい大家だ。

「本来なら追い出しているところだが、あの兄ちゃんには恩があるからな」

「あいつに？」

怪訝《けげん》に思う林田に、大家は言った。

「一年前、家出したうちの不良娘を見つけてくれてな。あの兄ちゃん。出ていくたびに毎度毎度見事に見つけてくれるんだわ。以来、無下にもできん。かといって、こっちも商いだが追い出すわけにもいかないんでなぁ……まぁ、これからは大丈夫そうだ」

大家がにやっと林田を見て笑う。まるでカモを見つけたと言わんばかりの表情だ。

「また、どうも」

恩があるからとはいえ、三ヵ月も滞納していてそれでも追い出さない理由を聞こうかと思ったが、馴《な》れ馴《な》れしく二の腕を叩かれて気が逸《そ》れた林田は、渋面でドアを閉めた。

「探偵でもしてるのか？」

志水はまだ眠っていた。

林田が深夜まで掃除に明け暮れていたのを尻目に、風呂から上がった途端に志水はさっさとベッドに入って寝息を立てていた。

家主に断りもなく掃除をはじめたのは林田だが、汚した張本人の悪びれぬ様子には本気で呆れた。添い寝して睡眠妨害してやろうとしたが、作業を終える頃にはへとへとで、ソファに寝転ぶなり撃沈だった。

しかし毛布を持ってきた覚えはないから、志水が途中で起きてかけてくれたのだろう。らしくない優しさに口元を緩めながらベッドへ行くと、いると思っていたはずの志水の姿はそこになく、冷たくなった布団の山だけがあった。

「志水……？」

トイレかと思ったが違うようだ。携帯は――と、思ったが、あいつが持っているとは考えられないし、仮にあったとしても番号を知らない。

とにかく、この殺風景な部屋の中に志水はいないとわかると焦ってきた。頭痛薬だと思っていた無数の空き箱は、まさか本当にヤバい薬だったのだろうか？

林田は部屋を飛び出し、一階の喫茶店に駆け込んだ。

「あら、オハヨウ。モーニング？」

「志水は来てるか⁉」

「カズちゃんが来るのは、だいたい昼前よ。いないの？」

白いフリルのブラウスに花柄のエプロン姿の暢気《のんき》な彼女に、「いない！」と乱暴に返して、店を出た。ビルの周りを闇雲《やみくも》に走ったが、結局余計な体力を使うだけだった。

もしかして……と、昨日の遺体発見現場にも行ったが、志水の姿はどこにもない。

「あいつ、徘徊癖《はいかいへき》もあるのか……？」

三年逢《あ》わないうちに、想《おも》い人はどうなってしまったのだろう！

とにかく正常じゃない。綿密な検査を受けさせると誓って、あの忌々《いまいま》しき関口に電話をかけていた。

事情を話すと、驚くよりも先に小馬鹿《こばか》にされて嗤《わら》われた。強者への妬《ねた》みを溜《た》め込《こ》んだ、典型的なルサンチマンを抱えている。

『昨日の今日で逃がすなよ。首輪でもつけておけ。いいプレイだろ。寧ろされるほうが興奮すんのか？』

「お前が俺たちのプライベートに興味津々なのはわかったから、緊急配備しろ！」

『俺に指図するな。昨日は偉そうな顔で帰ったくせに』

「関口。俺はお前が拾った財布の金を盗んだことを知っている」

『は……？』

電話越しの嫌味な狐《きつね》顔が一瞬にして強張《こわば》ったのがわかった。

「一万二千円と小銭だったな。赤い財布の。忘れたのか？」

『あ、あんた、どうしてそれを……』

志水の言ったことは真実だったらしく、ごくりと唾《つば》を飲む大きな音がして、危うく噴き出しそうになった。

「さてな。だけどこっちは知ってるぞ。お前、それが初めてじゃないだろ。俺がなぜそう思うのか、お前にわかる言葉で説明してやろうか？」

『いい、やめろ。やめてくれ。そ、それ以上何も言うな。わかったから、わかったから』

小物感があるからだ。と言う前に素直になってくれてよかった。

素晴らしい協力者に緊急配備の約束をさせて通話を切ると、テレビ局から電話がかかってきた。よりにもよって今日は朝の情報番組のゲストコメンテーターの日だ。

すっかり忘れていたが、この状況で行けるはずもなくプロデューサーに欠席を伝えると、『はあ⁉』と声を裏返された。

『番組は三十分後ですよ⁉　来てくれないと困ります！』

「こっちはそれどころじゃない。邪魔しないでくれ！」

こうしている時間も街のどこかで志水が彷徨《さまよ》っているかもしれないのに、暢気にテレビなんて出ていられるわけがない。プロデューサーが何か言い返していたが、番組から降ろせるなら降ろせばいいのだ。話を聞く気もなく林田は通話を切った。

関口の協力もあり、夜の街と言っても過言ではない西河内が、朝から騒々しかった。

パトカーがサイレンを響かせながら競うように大通りを駆け抜け、大勢の警官たちが路地裏まで入り込んでいたが、西河内の住人にとっては見慣れた光景なのか、さして驚く様子もない。

腕時計は九時を過ぎていた。志水はいつ出ていったのだろうか。いま疑われる行動はリスキーだと素人でもわかりそうなものなのに、そうまでして出ていく必要はあったのか。

夜中に目を覚まし、林田に毛布をかけて出ていった姿を想像して、つい舌打ちが出ていた。関口の言うとおり首輪でもつけておけばよかった。あの自由人が一所に留《とど》まるはずがないことは、三年前からわかっていたことなのに。

彼の目的はともかくとして、温かくしているのだろうか。ベッドに入ったときの志水は、よれよれのシャツとスウェットパンツの薄着姿だった。彼の足下にガウンがあったような気がしたが、せめてあれを着ていてくれればいいが……。

不安と焦りでイライラしている。そんな最中に関口から連絡が入って、志水の居場所がわかった。

志水は五条ビルからそう遠くはない書店脇《わき》の路地にいるらしい。林田が駆けつけたときには、既に五、六人の警官がたむろし、遠巻きに野次馬が集まり、道路には数台のパトカーが数珠つなぎで停車していて想像以上に物々しいことになっていた。

林田は人垣を掻《か》き分《わ》けると、警官たちの隙間からガウン姿の志水を見つけて安堵《あんど》の息を零《こぼ》した。

「志水、お前、心配させんな」

「あー、ちょっと近づかないでくれる？」

彼の元へ行こうとするなり若い警官に止められた。

林田が早口で事情を話すと警官はすぐにどこかに連絡を取っていた。大方、西河内署だろう。尚《なお》も志水の元へ行こうとしたが、今度は別の警官に邪魔されて近づけない。

「おたく、この人の連れ？」

確認から戻ってきた若い警官が聞いてきた。頷《うなず》くと、テレビや雑誌でよく見る男だと気づいたのか、浮かれたような顔をしている。好奇心を隠さない視線に林田は苛立《いらだ》った。

そんなことより、とにかく志水だ。警官数名に尋問を受けているらしく、こちらに気づく様子もしない。若い警官が尋問していた先輩警官を一人呼んできた。

「あの人ね、何を聞いても黙り込んじゃって困ってるんだけど、おたく、話できる？」

警官の質問に頷いて漸《ようや》く彼の元へ行くと、なぜか焼け焦げた雑誌の山の前で立《た》ち竦《すく》んでいた。

「志水、お前……」

ああ、まさか、そんな。

殺人の次は放火なのか？

「そりゃないだろ……」

放火犯の犯行現場は比較的犯人の住居に近いことは、放火犯罪の特徴にもあるが、それにしてもフォローしきれない。しかも現行犯逮捕か。決定的だと、林田は朝から頭を抱えていた。

「ここいらで放火が頻発しているんだよね。昨日も深夜にバイクのカバーがやられたし」

　おそらくこの場を仕切っているだろうベテラン警官が、ねちっこそうな目つきと脂ぎった顔で待ち構えていた。志水を犯人と決めつけた様子に、状況は不利だが対抗心が湧いてくる。

「放火っていうのは大抵が深夜十二時から三時に行われるが、その時間彼は寝ていた。俺はその時間まで、こいつがグーグー寝ている近くで脱ぎ散らかした衣服を片っ端からゴミ袋に詰め込んでいたから証言できる」

「犯行はその時間とは限らんでしょう。日の出も遅くなってきたし、今朝も随分と暗かった。現に犯行現場にいたわけですしねぇ」

「犯行現場にいたから、こいつが犯人だと言いたいなら確実な証拠を提示してくれ。俺は犯罪心理学者だ。俺の前でプロの勘だ、なんて言ってみろ、こっちはその勘に対抗するだけの理論をぶつけてやるからな」

「あの！」

　若い警官が手を挙げて、指先を街灯に向けていた。

「この角度なら防犯カメラで十分確認できます。録画時間内ですから、口論はその後で」

「ふうん？　誰かと違い、理性的で冷静に状況判断ができるのか、優秀だ。君のような警官が活躍すれば、日本の冤罪《えんざい》は大いに減るだろうな」

「と、とにかく、確認を」

賛辞という名の露骨な嫌味にベテラン警官が醜悪な形相《ぎょうそう》で睨んでいたが、若い警官二人が必死に宥《なだ》めていた。一方、志水一之はといえば、焼け焦げた雑誌の山をぼんやりと見るばかりで、電池の切れた人形のように立ち尽くしている。

以前の彼は好奇心や遊び心の塊だった。無邪気で意味深で、誰の目をも惹《ひ》きつけるオーラがあったのに、今の彼は確実に何かが違う。完全におかしい。

「志水、大丈夫か。……お前、裸足《はだし》で出ていったのか」

腕を摑むと、ぼんやりとした眼《め》に生気が戻ってきて、志水がゆっくりと振り返った。溜め息が出るほど綺麗な顔が疲労に青ざめている。血の気を失った頰《ほお》を撫《な》でると、険しい表情で逸らされた。

「…………なんか、似てたんだ」

いきなり妙なことを言われて、林田は眉《まゆ》を顰《ひそ》めた。

夢遊睡眠時遊行症による徘徊なら寝ぼけているのかもしれない。生気がないぼんやりとした俯《うつむ》き顔に、林田は問いかけた。

「何が似ていたんだ」

「イライラしている感じが。……でもイライラしてる奴《やつ》って結構いるんだな」

「だから何がだ」

こうしている間も警官たちは無線でなにやら連絡し合っていた。野次馬は減る様子もなく人垣を作っていったが、志水は好奇の目を気にすることもなく、こめかみを押さえると、

「頭痛薬、ある？」

と、おきまりの台詞《せりふ》を零していた。

＊

「カズちゃん、スープ熱くない？　ふーふーしてね」

「うん……」

子供か。というつっこみを隣で聞きながら、ダンデライオンのコーンスープは今日も美味《おい》しかった。

バターが多めのトーストは厚切りで、狐色に焼けたら蜂蜜《はちみつ》を零れそうなくらいたっぷりとかけてもらった。一緒に茹《ゆ》で玉子と半分に切ったバナナがプレートの端に添えられたモーニングメニューは、毎日食べても飽きが来ない。志水の大好物だ。

「聖子さん、スープ美味しい」

「アリガト。カズちゃん、コーンスープ好きねぇ」

もう一度、うん。と、小さく頷いた。

「スープもいいけど、サラダも食べるのよ」

今でも十分なご馳走《ちそう》なのに、あとからガラスのボウルを出されて渋々と受け取った。

野菜はあまり好きではないが残すと聖子さんに叱《しか》られる。叱られたら明日のスープはお預けになるかもしれないから我慢して食べることにしたが、レタスはやっぱり苦いし、トマトは今日も酸っぱかった。

「先生、コーヒーのおかわりは」

カウンター越しに手を出した聖子さんに、林田は疲れた顔をしてカップを返すと、大袈《おおげ》裟《さ》な溜め息を零しながら頬杖をついていた。

「疲れてんのねぇ。今日はテレビ、お休みなの？　朝のテレビに出る日でしょう。アタシ、楽しみにしてたのに」

「こんな状況で出てられるか。俺がちょっと目を離した隙にいなくなったと思えば、放火現場にいただなんて……。この二日でどっと老けたよ」

「先生は心配しすぎなのよォ。カズちゃんはふらりとどこかへ行っても、ちゃーんと帰ってくるもの」

「お前は猫か。おい、トマトをこっちに入れんな」

林田に気づかれないようにトマトを一切れ押しつけようとしている最中に、ボウルをよけられた。カズちゃん、と聖子さんに注意されて、渋々食べることにした。

「放火魔の疑いは晴れたんでしょう」

「ああ。防犯カメラで証拠は取れた。放火犯とすれ違いで現場に到着していたのが映っていたんだ。それがなければ、今頃西河内署だな」

「よかったわねぇ。あそこ、評判悪いから。関わらないのが一番よ」

たっぷりめに注がれたコーヒーを受け取り、林田は朝刊を開いた。紙面の文字を隣から眺めると、紙面にも林田の顔だ。『注目の人物』というコラムに、気取った顔が載っていた。トーストを囓《かじ》ると、聖子さんが棚の上の小さなテレビを点《つ》ける。

音は消したままで字幕表示にするのは、ジャズバラードが心地よく流れる店内の空気を邪魔しないようにという気遣いと、外国人客への配慮でもある。

林田がいつも出ている朝の番組には、彼の代わりに辛口コメンテーターが出ている。

「アタシ、この人嫌いだわ。辛口はともかく、言うことがおもしろくないのよねぇ」

「今度会ったら言っとくよ」

つまらなそうにする聖子さんに、林田がにやっと笑った。

新聞からテレビへ視線を移した拍子に鈍い頭痛を思い出して、こめかみを押さえていた。

「あら、また頭痛？　薬飲む？」

素直に頷くと聖子さんがカプセルをくれた。氷の溶けたグラスの水で飲み込んで痛みが去るのをおとなしく待っていると、隣で林田がじっと見つめてくる。心地の悪さに目を細めたが、彼の探る視線はこちらを向き続けていた。

「……なに？」

たまらず聞くと、林田が凝視したまま無精髭《ぶしょうひげ》の生えた顎《あご》をそろりと撫でる。

「頭痛は酷いのか」

「薬を飲めば治る」

今も徐々に癒《い》えていくのがわかるし、薬が効けば楽になる。

「頻繁にあるのか」

「……そういうわけじゃない」

「嘘《うそ》言わないの。毎日じゃない」

「違う」

毎日ではないし原因はわかっているが、聖子さんまで林田の尋問に荷担して、援軍のない志水は静かにむくれていた。

「お前がその顔をしたときは、もう何も話さないっていう合図だな」

見抜かれたことに小さく驚くと、彼はふっと笑って顎を掴んできた。

何をするのかと思えば、唇の端を親指で擦られた。

「蜂蜜がついてる」

そう言って、林田がぺろりと舐《な》めた。また子供扱いされたことに憮然《ぶぜん》とするなか、聖子さんが愕然《がくぜん》とした様子で震えだしていた。

性別を偽っていた時代に柔道をやっていたという彼女が驚くと、カウンター越しにも結構な迫力がある。普段から女性らしさを心掛けているのに、珍しく野太い呻《うめ》き声《ごえ》を洩《も》らして天を仰いでいた。

「カズちゃんはどうなの。どう思ってるの」

「……何が？」

急に脈絡のないことを聞かれて戸惑った。

「だから、この先生をどう思っているかって——あら、いらっしゃーい」

常連の初老の男性が店に現れるなり、聖子さんは猛牛みたいな顔を綻《ほころ》ばせて可憐な笑顔になっていた。

「カズくん、おはよう。随分とさっぱりしたね」

常連さんはいつも、ぽんと肩を叩いて一言かけてくれた。そして窓辺の指定席に腰掛けると、いつものように文庫を読みはじめている。聖子さんがいそいそとブレンドコーヒーを運ぶのも、いつものことだ。

違うのは隣に林田がいて、一緒にモーニングを食べていることだが、以前から隣にいた

ような自然体が景色に馴染《なじ》んでいた。

「お前、探偵でもしてるのか」

新聞を読みながら林田がトマトを食べていた。ついでにボウルに残った志水のトマトをも食べて、新聞を一枚捲《めく》っている。

「してない」

「本人は否定してるけど優秀なのよ」

初老の常連と二言三言会話をして戻ってきた聖子さんが、再び話に加わった。

「二年半前に、付き合っていた馬鹿男に店のお金を持ち逃げされたときもね、カズちゃんが見つけてくれたのよ。お金も全額取り戻せたわ。以来ね、この子からはお金はもらわないことにしたの。恩があるからね」

「大家もそんなこと言ってたぞ。しっかり家賃は取られたけどな」

「あのヴィンテージヤクザがまけるわけないでしょう。アタシたちの家賃はみんな、ヒョウ柄のジャージになるのよ。もしくはチェーンネックレスね」

「そんな気がするよ」

林田が苦笑いすると、「あった」と記事を指さした。

「二日前の殺人事件。随分と小さい記事だな」

「西河内の事件が大々的に報道されたのは、ここの五階だけよ。あとは闇に葬られるの」

「マフィアのボスでもいるのか？　相当のビッグファミリーだな」

隣から覗き込むと、聖子さんまで一緒になって見ていた。

「また誰か死んだの？」

「空き地で女性の絞殺死体が見つかったんだ。で、こいつが被害者に添い寝していて、重要参考人で一泊二日で身柄を拘束されていた」

「あら、大変だったわねぇ。添い寝って、野宿したの？　風邪は大丈夫？」

「平気」

「心配するところが違うだろ」

林田が呆れていた。

「犯人が特定されない以上、こいつが第一容疑者だ。疑いが晴れたとしても今朝の放火騒ぎで、また警察を敵に回したぞ」

敵に回したのは林田の嫌味がきっかけだが、それよりも記事の内容が気になった。

「三ヵ月前から行方不明……」

捜索願も出されず、この街で漸く発見されたときには、空き地の草むらで冷たくなっていただなんて、一体どんな人生を歩んできたのだろうか。考えると志水は暗い気持ちになった。

死人に問いかけても返事はこない。――でも、あのときに気づいてやることができたら、せめて聞くこともできたのに……。

「そんな子はこの街に限らず多いわよ。人よりもちょっとだけ運が悪かったの。アタシらだって明日は我が身なんだから。哀れんじゃダメ」

聖子さんがオレンジジュースを出してくれた。

子供扱いされているようだが、聖子さんに甘やかしてもらえるのは心地がいい。けれど目蓋の裏に彼女の心細げな顔を思い出すと、弱々しく消えそうな声までもが鼓膜の奥で再生されて悲しげに流れていた。

「浮かない顔だ」

また顎を抓《つま》まれて、小さく我に返った。

「別に、」

「やめとけ。他人の心配なんて柄じゃないだろ」

「あんたには関係ないだろ」

そもそも、この男が自分のなにを知っているのだ。彼の手を払《はら》い除《の》け顔を逸らした志水の頰に林田の探る視線が突き刺さる。

聖子さんがまた女を忘れて、すこぶる怖い顔をしていた。

＊

「家に戻って荷物取ってくるから、絶対に部屋から出るなよ」

ここは志水の家だというのに保護者ぶった林田は、部屋を出ていくまでに何度も念を押しながら、夕方に慌ただしく出ていった。

アルミの簡素なドアが閉まると、やっと一人きりになれて、ほっとする。

カーテンのない窓の向こうは飲食店のネオンが灯《とも》り、五階の部屋からでも酔っ払いの笑う声が洩れ聞こえていた。秋の夕暮れは長いが、夜は深く暗い。暖房のない部屋は冷気に満ちていて、志水はベッドから毛布を持ってくると頭から被《かぶ》っていた。

古びたソファに腰掛け、足を肘《ひじ》置きに乗せながら窓の外をぼんやりと眺めると、ここ数日の心のざわつきが落ち着いていく。

簡素な部屋にテレビはない。以前、大家の舎弟の一人が使わなくなったラジオをくれたが、一度か二度聞いただけで音がしなくなってしまった。以来、部屋のどこかに転がっているはずだが、昨日林田が捨ててしまったかもしれない。

大量の紙がなくなったせいか、今夜はいつもより冷えている気がする。

着ていたセーターも捨てられたようだし、薄手のシャツでは毛布を被っても暖まらない。衣服が見当たらないのも林田の犯行か。

探したところでないものはしょうがない。志水は躰に巻いた毛布を抱きしめ、窓の外へと再び意識を向けた。

林田の自宅がどこなのかは知らないが、すぐには帰ってこないだろう。しかしあの焦り方を見たら、寄り道もせずにまっすぐ戻ってくるのは確実だ。

のんびりもしていられないな。と、小さく呟《つぶや》いてビルとビルの隙間から覗く、細く暗い夜空を凝視した。

飲み屋やネットカフェの看板の光に遮られて星の瞬《またた》きは見えないが、意識が躰を抜けて窓の向こうの空へと飛べば、別の光が次第と見えてくる。

はじめは薄霧のように地表を覆っているようだが、目が慣れてくると霧ではなく、細くしなやかなものが無数に重なりあい犇《ひし》めきあっているのがわかった。

それは街の夜景ではなく、もっとまろやかな光を纏い、奇妙に長い。細く長く伸びた珊《さん》瑚《ご》のような、水面に漂う海月《くらげ》のような光の筋だ。

数え切れない無数のそれが街を覆いながら、音もなく自由に波打ち、好き勝手に色を変えながら、秋の目映《まばゆ》い月の光さえかき消すくらいに輝いていた。美しいけれど、ぞっとする。この光景は誰にも見えず気づかれず、自分にしか見えない特別な風景……延々と広がる異世界だ。

光の草原を初めて目にしたとき、きっと自分は何かのきっかけで死んだのだと思った。

あまりにも現実からかけ離れた光景は、死んだか、ヤバい薬を飲んだ幻覚だろうと信じて疑わなかったのに、志水は今も問題なく生きているし、薬を買う金もないから、身を壊すようなこともしていない。酒も同じだ。

光の草原の遥《はる》か上空へと移動して見下ろすと、細くしなやかな糸は溶け合うように輝きを共有しあい、七色の海のようだった。時折緩やかに波打ちながら、形を変えていく様子は風で形を変え続ける砂漠のようにも見えて幻想的だ。

志水はこの風景が好きだ。いつまでも眺めていたいが、林田が戻ってくるかもしれないし、長くはいられない。お楽しみの時間を諦《あきら》めて、目を凝らしていくと、次第に光の集合体を形成する緻密《ちみつ》な一本一本の輝きが見えてきた。

「赤い光、赤い……光」

志水は繰り返し呟いて、ひときわ輝く赤色の光を探して、無尽蔵に漂う糸を掻き分ける。赤い光は強い怒りや憤りを帯びている色だ。色が濃ければ濃いほどに激情に満ちている。糸の一本一本は人へと繋《つな》がり、糸さえ見つければ誰かと繋がる。つまり赤い糸を持つ人は、強烈な怒気を抱えているのだ。濁っているなら尚更《なおさら》。

意識を集中させ、目を凝らし必死に赤い糸の先を探し続けた。

しかし近づきすぎるのは危険なのだ。糸に絡まれば捕まってしまう。

けっして糸が届かない距離から意識だけを飛ばして見続けるのは、精神が摩耗して酷く疲労した。

長い時間の捜索は躰に負担がかかる。

集中力の限界を覚えて諦めかけたそのとき、幾本の光の陰に隠れて、血のような色をした糸がゆらりと蠢《うごめ》いたのを見た。

「あった……っ」

漸く見つけた。もう絶対に逃がさない。

赤黒く光る糸めがけ手を伸ばしかけたそのとき、

『志水ッ』


突然聞こえてきた林田の声に引き戻されて、意識が急降下していった。

星の瞬く夜空を滑り、ビルとビルの狭間《はざま》を抜けネオンの光を擦《かす》り、窓を抜けて躰に戻る直前、——林田の糸に意識が絡みついた。

「ア……ッ」

まずい。と思ったのは一瞬だった。

その刹那《せつな》、志水の中に断片的な映像が激しく明滅しながらフラッシュバックして、幾重にも重なりあった雑音が塊のように落ちてきた。

「かは……ッ……あ……！」

情報量の多さに処理できない。どっと汗が噴き出てきて、目の前が赤と黒に染まっていく。耳の奥で激しいノイズがけたたましく鳴り響き、鼓動が早鐘を打つ。

セーブしたつもりが深追いしすぎた。苦しい。

「おい！　志水ッ、しっかりしろッ」

四肢を強張らせ息を詰まらせた志水を、林田が抱きしめていた。帰ってくるのが思っていた以上に早かったようだ。それとも長く意識を飛ばしすぎたのか。

「は……あ……はあ……っ」

目の前に見たくもない映像がコマ送りで流れていく。

探していたのは林田の記憶じゃない。見たかったものは彼の思い出ではないのに、コマ送りで回転するフィルムの中に志水一之を見つけた途端、意識は彼の過去の断片に呑《の》み込《こ》まれていた。

――真っ白で、清潔なシーツ。

触れてしまうのがもったいないほど皺《しわ》一つないシーツに、乳白色の細い腕が滑っていく。

逃がすのが惜しくて林田が華奢な指に指を絡めると、耳元でくすくすとじゃれるような笑い声が鼓膜をくすぐってきた。

愛くるしい響きだ。官能を刺激されて、もっと深い交わりが欲しくなる。

しかし、腕の中のいたずら猫にキスしようとした途端にするりと逃げられて、不満の吐息を洩らすと、猫は尚もくすくすと密《ひそ》やかに笑って、顎に歯を立ててきた。

「煙草《たばこ》臭い男とはキスしないよ」

吐息まじりに猫は言った。

「苦いキスは嫌いだ」

この猫を愛するとき、林田はいつだって心の余裕をなくして逃げられないようにするのに必死だった。それなのにこの美しい猫ときたら、年下のくせに悠然として憎たらしいったらない。そんな鼻につく余裕さえ、この志水一之という男の魅力になっていた。

「だったらやめる」

この唇の感触を味わうことができるなら、煙草なんて今すぐにだってやめてやる。それを言えば、眼下のいたずら猫は澄ました顔で肩を竦めていた。

「それは残念だ。煙草を吸う君が好きなのに」

「俺を困らせて遊んでるな」

ああ、勿論《もちろん》。と、志水は優美な笑みを描いて、林田を陶酔させた。

「君を困らせるのが私の趣味だ。――私のキス欲しさに煙草をやめるか、煙草をやめて私を落胆させるか、さあ、どちらにする？」

そんなものに答えなどありはしない。

「だったら強引に奪うだけだ」

細い顎を取ると、ふふっと軽やかな笑い声を零した。

花のような美しい笑みにくらくらしながら、今の選択が彼にとっての正解だったと知る。

では、次はご褒美をいただかなくては――――。

「志水ッ」

断線したように映像が消えて、志水の意識が乱暴に戻った。

「ふぁ……ッ」

大きくわななないて肺いっぱいに息を吸い込むと、全身からどっと汗が噴き出した。

「俺がわかるか？　ここがどこかわかるか？　おい、呻いてないで何か言えっ」

何か。何か。何か。何か――混乱する頭の中で必死に考えた。

何か。何か、何か、何か、何か………

何か言え。何か、何か、何か、何か言わなくては………

「…………ぼ、……ぼくは…………」

違う。

僕——ではなかった。

私。だった。

彼の思い出の中の「志水一之」は、僕ではなく「私」と言っていた。清々《すがすが》しいほどの自信と余裕と、優雅さを持った彼が、本当の志水一之……？

たった今見たものが本当の志水一之ならば、今の志水一之は何者だ。

自分は一体何者なのだろうか。

「……僕は、…………」

わからない。わからない。わからない。

何も覚えていない。

「僕は……」

「僕は。——なんだ、どうした。聞いてるから、ちゃんと言え」

そう言って林田が目尻を撫でると、触れられて初めて涙を零していたと気づいた。

視界が涙で歪《ゆが》んでいる。全身が汗に湿って気持ちが悪い。鼓動が煩《うるさ》い。ばくばくと、耳障りな音を立て続けている。

「なあ、お前、どうなっちまったんだ。戻ってきたら、ぐったりしてるし。ドラッグをやってる様子はないし、酒も飲んでないだろ。今時シンナーはやめろよ。ガキじゃあるまいし。そもそも似合ってない。ああ、ダメだ……俺が落ち着け……狼狽《うろた》えてんじゃねーよ」

額を押さえて林田が唸《うな》っていた。

唸りたいのは、寧ろこちらのほうだ。

繋がるつもりのないものに繋がってしまったせいで、加減ができずに許容量を超えてしまったようだ。彼の記憶に一瞬でも興味を持ったのが悪かった。記憶のファイルが勝手に開かれて、脳細胞に刻まれていく。

これ以上、彼の記憶を覗いたら、自分の中で「僕の志水一之」と「私の志水一之」ができてしまうような不安を覚えて、恐怖心に歯を食いしばった。そんなことになったら、もう自分が本当に誰なのかわからなくなってしまうような気がする。

「僕は、」

呟いた後で、急に不安になった。

僕ではなく――私は、だろうか。

「そんなつもりじゃなかったんだ………」

林田ではなく、赤い糸の持ち主と繋がるはずだった。

「あんたが邪魔したんだ」

そうだ。こいつが悪い。

「あんたが、邪魔したッ」

男の胸を叩いて、志水は怒った。繰り返し繰り返し叩いて、手首を摑まれた。

「落ち着け」

「あと少しで繋がれたんだ。あんたが声かけなきゃ、僕は見つけることができたんだッ。全部あんたのせいじゃないかッ」

「な、何が？　俺が何したって言うんだ。俺は荷物を取りにいっただけで、何もしてない。繋がるってなんだ。見つけるってなにをだ？　俺にわかるように説明しろ」

「煩い！　クソッ。あと少しだったのに見失ったッ。やっと見つけたのに！」

「落ち着けッ」

「煩い煩い煩いッ」

「煩いのはお前だッ」

怒鳴り返されて、びくりと眼を見開いた。

「今朝のことといい、昨日からのお前の様子や言動といい、おかしなことばっかりだ。それに加えて、見つかるだの繋がるだの、動詞だけじゃわからん。文章にしろ！」

「だから繋がれたッ」

「知るか！　それは能動態だな。俺の専門は科学分野だから、それ以上は何も言うなよ――いいか！」

口を開きかけて、釘《くぎ》を刺された。

「俺は犯罪心理に詳しくても、生憎《あいにく》精神科医でもなけりゃ、カウンセラーでもないから、お前から伝わる違和感を的確な病質に当《あ》て嵌《は》められない。いっそ殺人犯や放火犯ならまだ簡単だ。だけど違うだろ。お前は俺の理解を超えている。専門用語はやめろ。理解力と応用力のない俺にわかるように言ってくれ」

「それは…………僕が、」

私は。だろうか。

わからない。駄目だ。混乱しはじめている。

「志水?」

吐息を浅く乱したのを心配したのか、林田がまた抱きしめた。

この男の抱きしめる腕の強さを知っている。それは昨日のことだったか、彼の記憶のファイルにあったデータなのか、わからない。わからない。

わからない。

「は……っ……」

息苦しさに目蓋を閉じると、またフラッシュバックが始まって、記憶の濁流に呑み込まれそうになった。ぐっと奥歯を嚙《か》みしめて荒々しい衝撃に耐えたが、時折鋭利な刃《やいば》となって意識に食い込んでくる。

「う……っ……」

バチッと脳内で火花が散って、閃光《せんこう》とともに白皙の美貌《びぼう》が目蓋の裏に焼き付いた。

志水一之は自信家で我《わ》が儘《まま》で自分勝手で快楽主義者。嫌な奴だ。だけど大きな瞳が印象的な美貌が、すべてを帳消しにして寧ろ人々を惹きつけてしまう、魔性の男だ。

自分はこんな男だったのか——？

何も覚えていないが、林田の記憶の中の「志水一之」は、彼の心に深く根を張っている。だとしたら、今の「僕」は偽者で、彼が本物なのか……？

「……僕は、」

なにかを言いかけた瞬間、バチッ……と、火花が散って、その衝撃に志水の意識はぶつ切れていた。

＊

おい……おい、志水！

しっかりしろよッ、頼むから目を開けてくれ。

お前が壊れたっておかしくなっちまったって、俺は絶対に見捨てない。

お前が何度逃げたって絶対に見つける。

二度と逃がさないから、だから目を開けてくれ！

「志水！」

肩を揺さ振られた拍子に目蓋が開いた。

随分と薄汚い天井が目に入ってきた。さて、ここはどこだったかと、蛍光灯の白い光をぼんやりと眺めていると、視界が陰って男が覗き込んできた。

鬱陶《うっとう》しいが、雄臭い顔に似合わず心細そうな双眸《そうぼう》が可愛《かわい》いからそれに免じて許してやろう。

無精髭が短く生えた顎を撫でてやると、林田は眉間《みけん》にうっすらと皺を刻んで、まじまじと見返してきた。

「志水……どうした？」

「何が？」

短く問われて、さらに短く返すと、眉間の皺が一層深くなった。わかりやすい反応がおかしくて、くすりと笑うと、今度は怖い顔になる。

くるくると表情が変化して、おもしろい。林田穂純《ほずみ》は志水のお気に入りだ。

「大丈夫か？」

「何が？」

「だから……さてはまた俺をからかってるな。もしかして今までのも芝居か？　エロい声出しまくって、挑発するのも大概にしろ」

林田は言って、顎を撫でる志水の手を払い、神経質にこめかみを掻いていた。

「荷物を取りに帰って、戻ってみたらソファで意識ぶっとばしてるし。何度も呼んでも全然反応がなかったんだからな。そうかと思えば、勝手に怒るわ、またぶっ倒れるわで……ったく、お前さァ、もう三十も半ばだろ。少しはおとなしくしろ」

「芝居じゃないさ。意識が飛んでしまったのは本当だよ」

シャツの上から胸をなぞり、訝《いぶか》しんだきり強張る彼に志水は微笑《ほほえ》んだ。

「取り乱したのも気絶したのもね」

林田は相変わらずいい体軀《たいく》をしていた。勿論抱き心地がいいこともよく知っている。

「……さっきまでのお前と別人だな？　まるで出会った頃の志水だ」

「実際、今はそうだからな」

「今は……？」

怪訝そうに目を細めた彼に、志水は優美に微笑んだ。

「あぁ、今は……だ」

先ほどまで不安そうな色をしていた瞳を覗き込むと、林田が一瞬怯《ひる》んで半身を引いた。

親愛を込めて見つめたのに失礼な態度だ。少し白けると、今度は食い気味に身を乗り出してきた。

「――だったら、今のお前は芝居してるな」

「していない」

「じゃあ、なんだ。さっき言っていた、繫がるとか、見えたとかに関係しているのか」

「どう思う？」

志水の問いかけに林田は何も言わず、じっと凝視していた。

あと少し近づいたら簡単にキスできてしまう距離に悪戯心《いたずらごころ》が刺激されると、乱暴に手首を摑まれた。肩の上で磔《はりつけ》にされながら、射殺《いころ》すような視線を一身に浴びせられていると次第におかしくなってきた。

なんて怖い顔だ。悪魔にでも出会ったような顔ではないか。くすくす笑うと、手首を摑む手に力が込められた。

「痛い」

「どういうつもりだ」

怒気を滲《にじ》ませた、低い声だった。

「何が？」

「さっきまでのお前とは表情も動きも雰囲気までも、まるで別人だ」

「そう？　ああ、多重人格かな。君の専門だ」

「今度は解離性同一性障害か。それとも詐病か？　お前が音を上げるまで徹底的に調べてやるから、こんなクソ寒い場所じゃなく、いい病院に連れていってやるよ」

「病院のベッドじゃ窮屈そうだ。このソファも狭いけど柔らかくて好みだよ」

「ソファなんてどうでもいいから、言え。何があった」

「もっと楽しい話をしよう。二人きりだ」

「言わなきゃ、今すぐ病院に連れていく」

今度は志水が沈黙する番のようだった。

ソファに押し倒され、腕を拘束されている状況を楽しまないだなんて、この男はどうかしている。折角のシチュエーションに水を差されて志水はむくれたが、頭上の怖い顔は逃がしてくれそうもない。最後には志水も諦めて溜め息を零した。

「まずは手を放してくれ。その気がないならね」

言うと、林田はゆっくりと様子を窺《うかが》いながら拘束を解いていった。まるで凶暴な犬か猫に対する扱いだ。

「私が嚙み付くとでも？」

「早く言わないと縛るぞ」

慎重すぎる様子に志水は苦笑いしたが、林田はまだ怒気を下げようとしなかった。

「わかったよ……だからそう怖い顔をしないでほしいな」

「お前次第だ」

「私次第なら優しくするべきだ」

「志水」

わかったわかった。と、降参の手を挙げた。

「――三年くらい前からだ。いつからか、糸が漂っているのが見えるようになったんだ」

どうせ言ったところで、このリアリストは信じないだろう。はじめから期待もせずに、志水は渋々と語りはじめた。

「糸って、あの糸か？　漂うってどういうことだ」

「質問の多い男だな。ああ、そうだ。糸だよ。縫い物で使うあれだ。あの細い糸のようなものが、風も吹いていないのに目の前やら頭の上やら、とにかくもう好き勝手に浮いていて、ふわふわと漂っているんだ。それが三年前くらいから急に見えるようになった」

また質問攻めかと待ち構えていたが、林田は難しい顔をしたきりだった。

渋い表情をした途端に男性的な色気がぐっと増して肉欲を刺激されたが、すぐに見抜かれて怖い顔をされてしまった。

「説明が終わってない。漂う糸がどうした。今も見えるのか？」

「視《み》ようと思えばね」

志水は言った。いつ馬鹿にされて嗤われたっておかしくないタイミングだが、林田は思いの外《ほか》真剣に聞いているようだ。

「今は多少コントロールができるようになったけど、以前は二十四時間、眠るとき以外は見え続けていた。触れることもできないのに漂っているのが見えるんだ。不思議だろう。糸はいろんな色をしている。だいたいは七色に分けられるけど、時折不可解な色をしたものもある。なんにせよ、淡い光を放ちながら日常風景に漂う光景は綺麗なものだよ」

目の前の犯罪心理学者様は、そろそろ膨大な知識の中から幻覚症状を発する病質を検索しはじめている頃だろう。いっそ病気として断定されるなら、それもいい。病気なら、不可解なものが見える原因もわかるかもしれない。

「でもあるとき、私からも光る糸が出ていることに気がついた。あるときは指先だったり、胸からだったり、いつも適当なところだけど、必ず一本だけ糸が出ているんだ。それに気づくと、無数に漂う糸の一本一本がどれも人に繋がっているのだとわかった」

「…………ってことは、俺にも、か？」

ああ。と頷いた。

「……にわかには信じられないな。ファンタジーだ」

「へえ。幻覚と言わないだけ寛容になったな」

「お前が真実を語っているからだろ。幻覚じゃないなら、あとは――わからん」

大袈裟に肩を竦めたが、寧ろその反応自体が意外だった。それよりも嬉《うれ》しかった。

「君の中で病人にされていると思ったのに、これは驚きだ」

「感動はいいから、続きだ。で？　その……まあ、人から伸びた糸ってのは、そもそもなんなんだ」

「感情であり、記憶へのコードみたいなものだと思う。糸自体は今現在の感情の色や形を表しているようだ。短いときの感情は穏やかで、ゆったり波打っているし、長いときは大抵怒りか悲しみ。感情的だったり激情的なものは大抵長いし、異様に長いものは何かやっている」

「何かって——あっ、放火……か⁉」

頭のいい男は好きだ。志水が微笑むと、林田が唸った。

「酷く濁った赤い色をしていたんだ。そういう色をした奴は大抵悪いことをしている。だから確かめに行った」

「それであの場所か……でも糸を見つけたくらいで、その場所がわかるのか？」

「繋げるんだ」

彼が専門用語と揶揄《やゆ》する一言を、志水は告げた。

「はじめの頃は暇潰《ひまつぶ》しに漂う糸を眺めているだけだった。でもあるとき、自分から伸びた糸が意図的に動かせると気づいたんだ。あくまでも私の糸だけだが、一度気がついたら自由自在だった。と言っても、物を摑むことなんて当然できないし利用価値がない」

「でも繋げられた」

「話の早い男だな。そうなんだ。二本の糸を繋げてみたらどうだろう……と思ったら、意外と簡単にできてしまったんだ」

そしてまた林田は唸っていた。

顎を繰り返し撫でるのは、彼の考えるときの癖だ。筋張った手がふいに止まると、話を促す視線が志水をまっすぐに捕らえた。

「私の糸と他者の糸の端が繋がると同時に、彼らの感情が流れて込んできた」

穏やかな感情は小雨《こさめ》のように、ぱらぱらと。一方で感情の昂《たか》ぶりは強大な嵐《あらし》となり糸伝いに脳から入って、あらゆる細胞を染め、血管の隅々まで流れ込んでくる。

「ってことは、繋がった相手の心が読めるってことか」

「感情のあとは記憶だ。深く繋がれば繋がるほど膨大な記憶が視えてくるんだ。まるでその人自身になったような感覚に襲われるし、自分が何者かわからなくなってくる。感情がわかるのは繋がったときの、ほんの一瞬だけど、でも強烈だ………あのときだって、」

三日前の夜、あのときも志水は感情の糸が漂う草原を見下ろしていた。

澄んだ夜空に浮かぶ満月は青白く、地表を覆う靄《もや》は幽美で幻想的に美しくて、眺めているだけで孤独な日々が癒えるようだった。しかしあの糸の一筋に触れれば苦痛が待っている。今夜も視ているだけで満足して戻るつもりだったのに、靄の中に不気味な色を放つ一本に気がつくと意識が動いていた。

酷く黒みを帯びた青、赤、白。弱々しく明滅しながら夜に融《と》け込《こ》んでしまいそうだ。それぞれのカラーを持つ他者の感情や精神の糸の中には、既存の色と認識できないものもある。初めて目にする色に導かれて糸に触れると、今まで経験したことのない雑音が全身を刮《こそ》いでいった。

酷い悪寒が全身を掻《か》き毟《むし》り、鼓膜の奥でガサガサガサガサと不気味な音が鳴《な》り喚《わめ》く。

コ…ワ…イ…ヨ…………コワイヨ…………コワイ…………

イヤ……ヒトリハイヤ…………シヌノハイヤ…………

コワイ、コワイ、コワイ、コワイ、コワイ……

激しく耳障りな音の嵐の中、弱々しく繰り返す声に志水は必死に耳を傾けていた。

ここにいる。一緒にいてあげるから、何も怖くない。——そう繰り返しながら、消え入りそうな彼女の声に繋がり続けた。

「——つまりお前は被害者の死の間際に繋がったってことか？」

林田の問いかけに、志水は現実に引き戻されていた。

どうやらあのときを思い出して意識が引っ張られそうになっていたようだ。そうだ。と弱々しく頷くと、大きく浅く息を吐き出した。

「厄介な奴がこの街にいる。それも近くにだ」

彼女の意識と繋がったわけでもないのに、躰が怠《だる》くて重たかった。軽く目眩《めまい》もしている。

はあ……と、腹の底から息を吐き出すと、志水は目蓋を閉じていた。

「厄介な奴は大抵わかるけど、昨日は違う奴だった。……治安の悪い街だから、きっと多いんだろうな」

「被害者と繋がったのなら、犯人の顔を見てないのか？」

「私が繋がったときには、彼女の目は見えていなかった」

彼女から伝わってきた感情は、孤独に死んでいく寂しさと恐怖に脅《おび》えるものだけだった。視界は漆黒に沈み、記憶さえ覗き見ることができないほど、彼女は弱り切っていた。

「……本当に死の間際の一瞬だったんだ」

意識を戻した志水は、糸が視えたその場所を探して辿《たど》り着《つ》くと、彼女の隣に寄り添った。

既に息絶えていることは触れなくてもわかっていた。しかし孤独に寂しく旅立ってしまった彼女の亡骸《なきがら》まで独りにはしたくない。酷い頭痛と倦怠感《けんたいかん》もあって、その夜は彼女と二人で眠ったのだった。

「志水」

　頬を撫でられて、いつの間にか落ちかけていた意識が戻っていった。

「……こんなに連日繋げたのは初めてなんだ。少し休みたい」

　心配する眼差《まなざ》しに気力なく伝え、再び目蓋を閉じると、鈍痛が後頭部に纏わり付いてきて、躰が泥のように重たくなっていった。

「私の話を信じてくれるか……？」

「信じるも何も、お前を疑ったことなんてないよ」

「病人扱いしたくせに。ジャンキーか。アル中もだ」

　ふっと笑うと、毛布をかけられた。

「精神世界なんて至極曖昧《あいまい》なものを扱っているが、俺はリアリストだ。単純な消去法を用いても、今の説明がお前の奇行の理由に一番しっくりくる。解離性同一性障害の可能性はまだ捨てていないがな」

「君の、そういうブレないところが私のお気に入りだ」

　そう。僕、ではなく、私、のお気に入りだ。

　林田穂純――頭痛も躰の怠さもあるのに、彼に見守られているというだけで眠気が心地いい。ゆっくりと身を任せていると、睫毛にかかった髪を優しく払ってくれる。

　睫毛を撫でるくすぐったさに微笑が零れると、頬に柔らかなものが当たってきて、熱い吐息が肌を撫でていった。

「俺の前で、よくそんな寝顔が見せられるな」

「わざとだよ」

くすくすと笑って、のろりと目蓋を開いた。

今度こそ彼の肩に腕を回すと、彼の代わりに欲情の熱を帯びた吐息を軽めのキスで塞《ふさ》いでやる。

「し……、」

「唇にする度胸はないのか？」

挑発的に志水は言った。

「……、お前…………」

酷く驚いた様子のあと彼が嗤うと、応戦的な笑みで目を細めた。

ぞくりとするような雄臭い表情に肉欲を煽《あお》られて、二人の躰がまた距離を近くしていく。――あと少しで触れ合えるというとき、林田が動きを止めた。

「俺を呼んでみろ」

「なに……？」

急に何を言いだすのかと、志水は曖昧に笑った。

「お前、俺をふざけたあだ名で呼んでいただろ。今ここで言ってみろ」

「あだ名……なんて、」

あだ名――なんて、呼んでいただろうか？

皺一つないシーツの感触も、交わる熱い吐息も、汗に濡れた肌や、じゃれ合う会話もすべて思い出せるのに、彼の言うワードが思い出せない。

どうしてだろう。私は志水一之なのに。

つい先ほどまで情欲を滲ませていた茶色の瞳が、冷ややかな光沢を帯びていた。

「覚えていないのか？」

「…………覚えてない」

林田を失望させたことに気づいて、声が震える。

「そうか。だったら今夜は終わりだ――おやすみ」

ぽんぽんと肩を叩いて、つれなく彼が立ち上がった。

咄嗟《とっさ》に半身を起こしたが、林田は背中を向けたきり、まだ残るゴミを集め始めていた。

第三章

どこからか聞こえる口笛に気がついて志水《しすい》が目を覚ますと、林田《はやしだ》がまだ忙しく作業を続けていた。

今は窓にカーテンを取り付けている。リーフグリーンの落ち着いた無地のものだが、カーテンを付けていいなんて志水は許可した覚えはない。そもそも窓から眺める暗い空も、ビルの雑然としたネオンも気に入っていたのに、余計なことをしてくれたものだ。

口笛まじりに黙々と作業を続ける、無神経な男の背中を不機嫌に眺めていると、ふいに手を止めて林田が振り返った。

目が合ったことに「おっ」とご機嫌な声を零《こぼ》して、ベッドサイドの肘掛《ひじか》け椅子《いす》に腰掛けたが、その椅子も志水が初めて見るものだった。

「起きたら起きたって言え」

「カーテン」

「ああ、いいだろ。これでやっと人が住める状態になった。寒さも多少凌《しの》げるしな。エアコンのリモコンはどこだ？」

「椅子は？」

「テーブルを入れたついでにな。で、リモコンはどこにあるんだ？　昨日から探してんだけど、まさかゴミと一緒に捨てちまったかな……おっと、起きるな。まだ寝てろ」

躰《からだ》を起こそうとすると林田に肩を押され、大きな手が額を包んだ。

「熱は下がったみたいだな。汗、拭《ふ》くか」

「……いい」

「冷えて風邪ひくぞ。ついでにシーツも替えてやるから」

いいって。と乱暴に返した志水を無視して、林田は勝手に準備をしはじめていた。

気づかれないように半身を起こすと、殺風景だった部屋にはダイニングテーブルやランプが置かれ、随分と様変わりしている。ソファの下にはカーペットまで敷かれて他人の家のようだった。

「なに、これ」

「人が住むための環境の整備だ。まだ途中だがな。というより始まったばかりだ」

ほら、と毛布を剝《は》がされたが、それも見覚えのない新しいものだ。

一体この部屋をどうする気なのか、怒っている暇もなくシャツも下着も脱がされて、背中に温かなタオルが当てられた。

ふわっと甘い刺激に驚くと背筋に鳥肌が立って、すぐに消えていく。触れられたところから、さっぱりしていったが、男に撫《な》でられているという状況が志水を落ち着きなくさせていた。

「昨日も思ったが、以前に比べて随分瘦《や》せたな。瘦せすぎると触り心地が悪くなる」

汗でべたつく肌の上を、蒸しタオルがゆっくりと這《は》うように腰まで下りていく。

さっさと拭いてくれればいいのに、もったいぶった動きにぞくぞくする。慈しむような優しい動きと慣れない心地に戸惑って志水が背中を丸めると、腰から脇《わき》の下へと手が入り込んできた。

「…っ」

ぞくりとして、おもわず息を吞《の》んだ。

反射的に膝《ひざ》を折ると、毛布が腿《もも》の半分までめくれて前が露《あらわ》になってしまった。すぐに隠そうとしたが、「動くな」と背後から叱《しか》られて、彼の手が二の腕を撫でてくる。またざわついて落ち着かない。こういうのは苦手だ。優しくされること自体が駄目なのかもしれない。

「いいっ、自分でやる……っ」

「嫌だね」

焦った声の訴えを却下して、一方の手が腰へと回ってきた。

「やっ……っ」

大きな手に腰や下腹のあたりを揉《も》まれて、動揺する志水の背後で林田が唸《うな》った。

「贅肉《ぜいにく》がないのも問題だ」

「手を放せってっ」

耐えきれずに怒ると、ふっと林田が噴き出した。

「俺に襲われるとでも思ってんのか」

そんなつもりはないが、単にこういうことに慣れていないだけだ。唇を嚙《か》みしめながら、早く終わるのを待っているのに、やたらと丁寧な手つきがもどかしい。志水が嫌がるのを楽しんで、わざとしているのか。嫌な奴《やつ》。

「襲ってもいいけどな。病み上がりに手を出すほど横暴じゃない。ま、お前がそれを望むなら話は別だがな――ほら」

妙なことを言って、もう一枚のタオルを手渡された。

「前は自分で拭け」

「もういい。着る物を、」

「だったら俺がする。上も徹底的に拭いてやるから、待ってろ」

「っ、やる！　自分でやるっ」

そう言われて、おとなしく待っているわけがない。

林田の目論見《もくろみ》どおりとわかっていても、志水は焦って拭きはじめていた。

肩越しににやにやしている顔が見えてムカつく。

今度は横になれと言われて躊躇《ためら》ったが、どうせまた碌《ろく》な目に遭わないのだ。渋々従うと、裏腿やふくらはぎ、足の先の指までしつこいほど丹念に拭かれて、ぐったりだ。でもおかげで躰はすっきりとしていた。

「下で何か食えそうな物をもらってくるから、残りは自分で拭けよ。着替えもな」

志水が言い返すよりも先に林田は部屋を出ていった。

やっと解放されて、酷《ひど》く疲れていた。独りなら裸で寝てしまうが、のんびりしていたら林田が帰ってきてしまう。今度は押さえつけて着替えさせるかもしれない。想像したらじっとしてはいられなくなって、仕方なく前を拭き着替えると、再び重たい躰をベッドに倒した。

いつもは向かいのビルの看板の灯《あか》りが部屋を照らしてくれていたのに、今夜はカーテンで仕切られて蛍光灯の明かりが冷たく光っていた。時折ちかっと点滅して目障りだ。

勝手に部屋の模様替えをするなら、蛍光灯も替えてくれればいいのに。このまま替えないと、きっとまたあとで文句を言われる。

「……なんなんだ」

お節介にもほどがあるが、さすがに家具はやりすぎではないか。

これでもし住み込むなんて言われたら、安らぎの場所がなくなってしまうかもしれないが、この状況を見る限り、林田は住む気ではないのか？

まさか。一抹の不安を覚えると、林田がトレイを持って戻ってきた。

「ミネストローネと適当にあるやつをもらってきた。食えるか？」

「聖子さんは」

「夕食時だ。店が混んでて抜けられない。先にシーツを替えるから一旦《いったん》起きろ」

夜まで寝ていたようだ。言われたとおりベッドを下りると、林田がカーディガンを肩にかけてくれた。サイズが随分大きい。彼の私服らしく、袖《そで》が手の甲までかかる。邪魔だがめくるのも面倒だ。志水がソファでおとなしくしている間に、林田はてきぱきと素早くシーツを替えていた。

「さあ、どうぞ」

ベッドメイクが終わると、林田が目の前に手を差し出した。

反応に困り、大きな手をじっと見ていると、苦笑されて立たされた。

「俺のエスコートはいらないか？」

自然な動きで腰を抱かれて二人の躰が密着する。咄嗟《とっさ》に腰が引けると、強い手で引き戻されて彼の胸の中に躰がすっぽりと収まっていた。

「なんか言えよな。お前はすぐ黙る」

林田が突拍子もないことをするからだ。

警戒した志水を、キスしそうな距離で林田はじっと凝視している。

彼は一体何をする気だ。

まさか本当にキス――？

「う……」

志水は呻《うめ》いた。しかし林田はそれっきり無言で動かない。睫毛《まつげ》が触れ合いそうな距離で志水を見つめながら、こちらの反応を待っているが、でも何をしたらいいのだ。

「……な、……なに？」

左右の瞳《ひとみ》を交互に見ながら、志水は戸惑いがちに声を絞り出した。彼が何を求めているのか知らないが、志水にとってこれが精一杯の反応だ。

「なんだよ……っ」

焦った声を上げると途端に林田は手を放して、ベッドに腰掛けた。

「ほら、飯にするぞ」

昨日まではなかったサイドテーブルに置かれたトレイをベッドに移動させて、お前も来いと枕《まくら》を叩《たた》く。彼の急な変化に戸惑って、志水は立《た》ち竦《すく》んでいた。

今はいつもどおりの林田だが、ではさっきのはなんだ。

「……今の、なに」

おずおずとベッドに戻り、こわごわと尋ねた。

「なんでも。ほら、毛布をかけろ」

「なんでもじゃない。…………様子が変だった」

「変なのは、お前だ。蛍光灯くらい替えろ。チカチカして鬱陶《うっとう》しいぞ」

足に毛布をかけながら、案の定文句を言ってきた。小姑《こじゅうと》みたいな男だと内心呆《あき》れながら、カップを手にして温かなそれに口を付けたが、トマトの風味に唇を引き締めた。それを見た林田が、ふっと嗤《わら》っている。

「そういや、トマト嫌いだったな。残しておけ、食べてやる」

そんなことを言われて残すわけがない。今までだって我慢して食べてきたのに、やっぱりお節介な男だ。むくれながら嫌々胃に収めていくと、よほど空腹だったのか意外と美味《おい》しく感じられた。

「あれから色々考えたんだが、大家の件も、喫茶店のママの件も、それに関口の財布のことも、お前のその変わった能力を使ったんだな」

「……え……？」

サンドイッチを食べながら言った林田に、志水は絶句した。

「な、…………なんで、」

どうして能力があることを知っているのか。

「ああ、いい。驚くな。覚えてないんだな。だろうな。そんな気がしたよ」

「だ、だから、なんなんだ。どうしてっ……僕は何も言ってない……！」

「ああ、そうだ。俺はありがたいことに生まれつき頭脳明晰《めいせき》だから、大抵のことは理解する。信じられないような話も真摯《しんし》に受け止めて、しっかりと分析する。つまり昨日のお前はお前じゃなかった。でも真実を言っていた。――だな？」

鋭い眼差《まなざ》しで、指を差された。

「だなって………ぼ、僕は何を言ったたっ、あんたに、何を話したんだっ」

能力のことを話した覚えはないし、一生誰かに言うつもりもなかった。それなのに、彼に知られてしまったことに酷く狼狽《うろた》えた志水を、林田が背中を撫でながら宥《なだ》めたが、その程度で落ち着くはずもない。志水は呆然《ぼうぜん》としていた。

「昨日のお前はかなりおかしかった。口調も変だし、具合も悪そうだったしな。それにエロかった。猛烈にエロかった。エロいのは悪くない。寧《むし》ろ大歓迎だ」

「……それ以上言うと、引く」

「引くなよ。ひでぇな。本当のことなのに」

林田が無邪気に笑って白い歯を見せたがそれも一時で、ふいに真剣な顔つきになって顎《あご》を撫でている。これはきっと彼が考えているときの癖だと気がついて、懐かしいような奇妙な感覚を覚えた。

「とにかく、俺はお前の口から能力の話を聞いた。それでこの数日中の謎《なぞ》が解明されて、いくつかの疑問が浮かんできた。――まずは、大量にあった頭痛薬の空箱だ。俺と一緒にいる間も、ずっと頭痛がしていたな。あれも能力と関係があるのか？」

それを言う義務などないと唇を噛むと、おい、と耳を軽く抓《つま》まれた。

「わかった。お前が無言のときは、イエスだと思うことにする」

「僕は何も言ってないっ」

「だからイエスだろ」

「そ、……そうだけど…………」

「わかりやすい反応でありがたいよ」

「煩《うるさ》い」

調子を狂わされて、クソッと悪態を零すと、林田がくつくつと嫌味たらしく嗤っていた。

「あと一つ。頭痛やら体調不良で苦しむくせに、どうして能力を使うんだ。使わなきゃいいだろ」

「それは……」

「それは？　言わないと、今度は耳朶《みみたぶ》を噛んでやるぞ」

嫌なタイミングで変なことを言う男だ。しかもお節介だった。

林田がそういう男だということは、この数日で十分知っていた、いちいち翻弄《ほんろう》されてしまうのが悔しい。八つ当たり気味にクロワッサンの端を千切って、固いそこを囓《かじ》った。

「僕は犯人を捕まえたい」

「犯人って、殺人犯か？　やめておけ。そういうのは警察の仕事だ」

「拾った財布の金を抜くような警官より、僕の能力で捜すほうが早い」

「関口《せきぐち》はさておいても、プロに任せておけばいい。仮にお前が出しゃばったところで、いい顔はされないぞ」

「もうしていないだろ」

「まあ、そうだが」

「僕が犯人を見つける」

「志水……やめとけって、本気か？」

林田は呆れていたが、別に彼を説得する気などない。志水は志水で、誰が何を言おうと彼女のために決意したのだ。

「……本気か。なるほどな」

林田はうなじを掻《か》いて、溜《た》め息《いき》を落とした。

「お前にも正義感なんてものがあったなんて驚きだ。以前のお前からは考えられない」

また知らない自分の話をされて、志水は引っかかった。

「以前の僕は、どんな感じだった……？」

「どうって」

「出会ったときの僕は何をしていた？　仕事とか、家族とか……」

また林田が顎に手を当てて、こちらを凝視しはじめた。絡みつくような視線が居心地悪くて顔を逸《そ》らすと、顎を取られて彼のほうを向かされる。探る視線が痛くて呻くと、林田が漸《ようや》く手を放した。

「記憶がないんだな」

違う。と嘘《うそ》を吐《つ》いても、きっと誤魔化《ごまか》せない。

沈黙すると、なるほど。と林田がかぶりを振った。

「どうりでな。ずっと妙だと思っていた。なるほど、アムネシア――記憶喪失か。三年か、四年か、それとも、まるっとないのか」

黙っていると、おい、と頬《ほお》を抓《つね》られた。

「全部か」

志水は小さく頷《うなず》くと、目頭がつんと痛くなって固く目蓋《まぶた》を閉じていた。

能力のことも記憶がないことも教えるつもりはなかったが、林田はさすが犯罪心理学者だけあって観察眼に優れているようだ。一度堰《せき》が切れてしまうと防ぎようがなかった。

「……少し前まで、ぼんやりとは覚えていたような気がするんだ。だけど、もう……」

「俺のこともか」

「なんとなく……でも、店のテレビで顔を見ていたし、だから以前のことなのかは、僕にもわからない」

「でも携帯番号は覚えていただろ」

「部屋にメモがあった。僕が書いたものか覚えていないけど、それがあったから」

「ゴミと一緒に捨てたな……まあいい。おかげでお前と三年ぶりに逢《あ》えたのは事実だ」

林田がカップのコーヒーを飲み干した。一方、志水は既に食べる手を止めていた。

「あんたは、僕が何者か知っているんだろう」

まあな、といつもの饒舌《じょうぜつ》さがなく曖昧《あいまい》な返事のあと、志水が食べ残したクロワッサンを千切った。

「僕は今まで何をしていた？　ずっとここにいたのか？　家族はいないのか？　どうして僕はここにいる？」

林田ならその答えをくれるような気がして前のめりになる志水に、林田はばつが悪そうにしながら、食べかけのクロワッサンをトレイに戻した。

「言えないことがあるのか」

「さあな。でもお前が疑うってことは、言いたくないのかもしれないな」

「もしかして……この傷が原因か？」

志水は横髪を掻き上げてみせた。一本線についた傷だ。普段は髪に隠れて見えないが、掻き上げればすぐ目に付くような太い筋だった。林田は一瞥《いちべつ》した途端に顔を逸《そ》らした。

「当たりか。この傷にあんたは負い目があるんだな？」

「お前の綺麗《きれい》な顔についた傷なんて、見たくないだけだ」

高慢な林田という男を黙らせるほどの理由が、この傷にある。志水は確信を持った。

「――ただの知り合いってわけじゃないんだ」

傷を作るような「きっかけ」を共有した二人の関係とはなんだろうか。その答えを知りたくて、志水は彼の横顔を凝視したが、林田は一向に口を開こうとしない。志水には言えだの、なんだの命令するくせに、自分のこととなったら頑《かたく》なだ。

「僕もあんたの耳を抓ったらいいか？」

「いいぞ。好きなだけ抓ればいい」

「それじゃつまらない」

「飯は？」

いらない。と答えると、サイドテーブルにトレイを戻した。

「……何も話してはくれないのか」

口を開けば、以前のお前は――と、言うくせに、志水が聞いても何も答えてくれないなんて意地悪だ。興味本位で思い出話を聞きたいのとは違う。自分自身の過去を失っているから、せめて一欠片《ひとかけら》だけでも取り戻したいだけだ。

「まあ、色々あったが、俺たちは恋人だ」

「嘘だ」

「即答かよ」

林田が苦笑した。

「本当だって」

「嘘だ。三年ぶりに会っても、何も感じなかった。恋人なら何か感じるものだろ」

「だから、あのとき気づいただろ」

「何を？」

小首を傾《かし》げた志水に、林田が舌打ちした。

「駄目だ。やっぱり駄目だ」

「何を」

「――何も感じなかっただって？　俺を見て？」

正直に頷くと、林田は一層硬い表情になって、腕を組みながら荒っぽく息を吐いた。また舌打ちしているところを見ると、相当怒っているようだ。

「そもそもな、三日経って記憶がないってことを白状すること自体がムカつくんだ」

急に言いだして、眉間《みけん》の皺《しわ》を指で押している。憤懣《ふんまん》した様子だった。

「携帯番号を知っていたんなら、俺に電話してくればよかったんだ」

「番号は知っていたけど、誰に繋《つな》がるかわからなかった。電話もないし」

「下で借りればいい。どうせいつも甘えまくってるんだろ。まさか本当に聖子って奴と付き合ってたなんて言わないよな」

「だから、そんなんじゃないッ」

志水も怒って言い返した。

「どうせってなんだ。いつもって、なんだ。教える気がないなら、僕が知らない話をするな！」

ずっと思わせぶりな態度に、志水が腹を立てていないとでも思っているのだろうか。怒声で返すと、林田がはっと驚いた顔をして苦々しく横髪を撫でていた。

悪かったよ。と、林田が小さな声で謝ったが、志水は俯《うつむ》いたまま唇を噛みしめるだけだ。記憶が戻らないこと、これまでに何度も諦《あきら》めてきたのに、希望をちらつかされたら期待してしまうではないか。そんな志水をからかう林田の態度が許せなかった。

「……今まで、どうやって暮らしてた。電話もないし、ずっと誰かに頼りっぱなしってわけじゃないんだろ」

林田は優しく語りかけるような口調になった。

それで許したわけではないが、無視するような子供じゃない。

「家賃は誰かが払っていたし、流し台の抽斗《ひきだし》にも金が入っていたから。それも大分前になくなったけど。誰が置いていった金かは知らない」

「よくそれで三年も生きてこられたな」

「でも家賃を止められた。今まで誰が払っていたのか知らないけど」

「俺が払っておいた。来月分もな」

さらりと言われて林田を見ると、頭をくしゃりと掻き回された。また子供扱いして、とムカついたが、そうではないのかもしれない。

「困ったことがあったら、黙ってないで言え。恋人が信じられないなら、俺をパトロンだと思えばいい」

「どうしてそこまで僕に」

「恋人だって言っただろ。嘘じゃないからな」

「この傷のせいじゃないのか」

また怒らせるかもしれないとわかっていても、傷の理由を聞かずにはいられない。しかし志水の不安を裏切り、林田は懐かしげに目を細めていた。

「入院中のお前もかなりそそられたな。入院着って質素で一見つまらなそうだが、実は意外と無防備なんだ。前を紐《ひも》で結ぶだけだろ。あれをほどいたら脱がせるのも簡単だ」

はあ？　と、冷ややかな志水を放って、林田が唸った。

「お前は元々脱いでるか酔ってるかのどちらかだったけどな、それだけに入院着ってのは新鮮だった。弱っているだけに、余計に性欲を掻き立てられるっていうか、端的に言えばヤりたくてたまらなかった」

「なんの話かわからないけど、ただの変態だ」

「恋人だ。でもこれでわかっただろ。お前のその傷を見ると、俺の中にある性的衝動がよからぬ方向に刺激されるんだ。悪化すればアノミー状態だ。だからこそ話したくない」

「専門用語はもういい」

巧《うま》く話題を逸らされた気がして納得いかないが、林田のことだから、きっと最後まではぐらかすにきまっている。追及の材料は一本の傷しかない志水にとって、早々と切り札を出してしまった今は、次の一手がない。

それでも何も知らないままでいるのは嫌だ。以前の自分を少しでも知りたい。

「入院中に知り合ったのか？　脱いでいるかって、裸ってこと？」

「逢うたびご機嫌だったよ。俺が脱がせるか、お前が勝手に脱ぐか、そういうことだ。それが今じゃどうだ。俺が触るたびに警戒してるだろ」

「触り方が妙だから」

「俺は優しいからな。愛情だ」

「というより、性欲だ。本当は付き合ってないんだろ」

「肉体関係はあった。週三でな。出会った頃は、ほぼ毎日だ」

「ただのセフレだ」

いーや違う。林田は断言した。

「だったら教えてやるよ」

そう言うと、不意を突かれて押し倒された。

あっと声を洩《も》らしたときには視界が男の躰で陰り、ベッドに深く沈み込む。

「ちょ……おいっ」

肩を押さえられて動けない志水の上で、馬乗りになった林田が満足げに見下ろした。

「いい眺めだ。お前を押し倒すのは気分がいいな。さあ、これからどうする？　三年分の溜まりに溜まった性欲をたっぷりと教えてやればいいか？」

「レイプだっ」

「ああ、そうだな。恋人同士ならデートレイプとも言うがな。どちらにしてもヤることは同じだ」

「――っ」

林田の肉欲を帯びた笑みに萎縮《いしゅく》して、息を詰まらせたきり声も出せなかった。

「その顔。俺が怖いのか、それとも緊張しているのか、どっちだ」

わからない。答えようにも思考までもが止まっていた。硬直したままの志水を、林田は暫《しばら》く見下ろしていたが、ふいに手を放すと隣であぐらを掻いた。

「馬鹿馬鹿《ばかばか》しい」

よからぬことをされると覚悟した直後の、林田の突然の反応に志水はまた絶句した。

なんで？　と眉《まゆ》を顰《ひそ》めると、林田はぶっきらぼうに短い溜め息を零し、乱れた髪を撫でていた。

「襲うかよ。そんな青白い顔してる奴をさ」

「でも襲うって顔だった」

後になって、じわじわと恐怖心が胸に広がってきた。同時に安堵感《あんどかん》が訪れて、躰が急に脱力する。ただでさえ疲労が取れていないのに、どっと重たくなった。

「九割はする気満々だったがな。ったく、昨日はエロい顔で誘ってきたくせに、今日はセックスのセの字も知らないような顔しやがって。俺をからかうのも大概にしろ」

「僕が、誘う……？」

そんなことしていない。戸惑う志水に、林田はああ、そうだった、と肩を竦めた。

「お前、昨日キスしたこと覚えてないんだよな」

「もう僕に手を出したのか？　最低だ」

「それはこっちの台詞《せりふ》だ。なんでも俺が加害者みたいに言うな。言っておくが、元を正せば加害者はお前で、俺が被害者だからな」

「僕に記憶がないと思って、妙なことを植え付けても信じない」

はあ？　林田が不本意な様子で声を裏返らせた。

「お前、ふざけんな。だったら、これからじっくりと教えてってやるよ」

「そういうことを言うから、あんたが何かするように思えるんだろ」

「俺がするのはエロいことに決まってる。なんだ？　俺を挑発するってことは、つまりしてほしいってことか」

違う。と顎を撫でてきた手を払い、毛布を引き上げて顔半分まで被《かぶ》った。

「煽《あお》っておいて照れるな」

「違う」

毛布を剝がされそうになって、必死に掴《つか》む。焦る志水を林田はにやにやしながら楽しんでいたが、次第に笑顔は消えていった。

「能力はもう使うなよ」

「嫌だ。僕は犯人を捕まえる」

「お前一人じゃ無理だ。能力を使うたびに具合を悪くしてるんだ。黙って見てられるか」

「そう思うなら手伝ってくれ」

言うと、へえ、と林田が驚いた。

「お前が俺に助けを求めるなんてな」

「さっき、困ったら言えって言ったのは、そっちだ」

「まあな。――やってもいいが、能力は使うな。約束できるなら協力する」

志水は即座にかぶりを振った。

「嫌だ。それじゃ犯人を見つけられない。僕なら怪しい奴の糸を辿《たど》ればすぐに見つけられるんだ。警察なんて当てにならないじゃないか」

「人間ってのは、そんな不可解な能力を使わなくたって犯人を見つけられるものなんだ。確かにここは治安の悪い地区だが、その分だけ警官の機動力も高いし、経験も豊富だ。風俗だらけで潜入捜査も巧いしな。警官の全員が全員、関口みたいな馬鹿ばかりじゃないさ。というより、あいつを利用して捜査すればいいだろ。違うか？」

「……確かに、あいつは利用できると思う」

ムカつくけど。と、不満げに付け足すと、林田が額を撫でてきた。

子供扱いなのか、恋人に対する愛情なのか、どっちにしてもこそばゆい。けれど疲れた躰に癒《い》やしの手は気持ちがよくて、頑なな気持ちが癒えていく。

「約束するなら、明日からお前に協力する。だけど今夜は寝ろ。まだ疲れた顔してるぞ」

「ん……約束」

繰り返し優しく撫でられて、目蓋の裏に眠気が蘇《よみがえ》った。毎日のように能力を使ったせいか、疲労がなかなか癒えてくれない。目蓋がとろりとしてきて溜め息が零れると、躰は尚《なお》も重たく沈んでいった。

「なあ……昔の話、してくれ」

「昔話って言うほど、古い話じゃないさ」

志水の頼みに、林田が苦笑いした。

「だけど、昔のお前はエロかった」

「またそれか」

「本当のことだからな。お前に誘惑されて断れる奴なんて、この地球上にいやしないさ」

大袈裟《おおげさ》だ。と噴き出して、目蓋を閉じた。

「僕が眠っても、変なことするなよな」

「しねーよ。お前じゃあるまいし」

「僕だってしない。どうせ躰目当てなくせに」

「躰目当ては寧ろお前だって」

いい加減に信じろ。と呆れられたが、林田が言う人物は、自分とはまるで違う。

「そんなことより、あんたいつまでいるんだ」

「安心しろ。落ち着くまではいてやるから。仕事もキャンセルしたし、事件捜査と部屋の整備に集中できる」

安心じゃなくて。――という、つっこみは呻き声にしかならず、不本意にも志水の意識は眠りの泉へと沈んでいった。

第四章

一夜明けて、十分すぎるほどに休息を取った躰《からだ》は、気力も体力も取り戻していた。

林田《はやしだ》は既に着替えを済ませ、ソファでコーヒーカップ片手に新聞を読んでいる。志水《しすい》がベッドからのろのろと出ると、待っていたかのように立ち上がり着替えを用意しはじめた。

「着替える前に、顔を洗え」

命令口調に背中を突《つつ》かれ、渋々洗面台に行くと林田がついてきた。

顔を洗うところまで監視する気かと志水は怒ったが、彼は撤退するどころかシェービングクリームを出して、嫌がっているのに髭《ひげ》まで剃《そ》られてしまった。

「いいか。絶対に髭は似合わない。脱毛しろ脱毛」

「別に伸ばしているわけじゃない」

「でも面倒臭くて剃らないだろ」

確かにそうだが、いちいち顎《あご》を摑《つか》まれ、怖い顔で髭を剃られるほうとしてはたまったものじゃない。こっちは寝起き早々気疲れしているのに、林田は気にもせずに鼻歌まじりで今度は髪を梳《と》かしていた。

「美容室も行かないとな。俺が切ったんじゃイマイチだ」

先日無理に風呂《ふろ》に入れられたとき、伸び放題の髪をぶつぶつと文句を言いつつも、丁寧に切ってくれていたのだ。ふわふわと波打つ髪が漸《ようや》く落ち着いて満足しているのに、林田はまだ納得していない。今も鬱陶《うっとう》しいほど丹念に梳かされて、髪が艶々《つやつや》としている。

鏡に映る顔が、どんどんと自分の知らない顔になっていく。というより、記憶にある顔に近づいてきているのだが、しっくりきていないのが本音だし鏡に映るこの顔と、背後で真剣に髪を梳く男が付き合っていたというのも出来すぎのような気がした。

「なんだ。じろじろ見て。惚《ほ》れ直《なお》したか」

「あんた、モテるだろ」

にやにやしているくせに、色気の染み出る男の顔に尋ねると、「ああ」と謙遜《けんそん》することもなく、さらりと返ってきた。

「モテるに決まってるだろ。これでモテなきゃ、逆に怖いぞ」

「だったら、どうして僕なんだ」

「僕なんだ、じゃなくて。お前が俺を口説いたんだ」

そう言うと、林田が肩を抱きしめてきた。筋張った男の手が顎を掴み、正面を向かせると、横髪にほおずりしながら鏡越しに見つめてくる。

「少しは俺の言ったことを信じてみろよ。お前が俺を堕《お》としたんだ」

背筋が震えるようなエロティックな眼光に、鏡の中の自分が頬《ほお》を赤らめているのがわかった。首筋がぞくりと震えて、尾てい骨のあたりが心地悪く疼《うず》いている。

吐息が浅くて、息苦しい。喘《あえ》ぐように息をする志水を、熱の籠《こ》もった視線が凝視する。

「……でも、以前の僕とは、違う」

「ああ。そうだな。でもそんなことはどうだっていい。重要なのは、お前が俺の側《そば》にいるか、いないかだ」

「側にいるか、いないか……？」

林田の言葉にどきりとして、彼をじっと見た。

「ちゃんと歯も磨けよ」

漸く林田の腕が離れて、ぽんと二の腕を叩《たた》かれた。

緊張が解けて、志水は洗面台に手をついていた。はあ…と大きく息を吐いて、髪を掻《か》き上《あ》げると、鏡の中の自分を呆《あき》れ気味に見返していた。

「僕はあいつに何をしたんだ」

男にしては少し大きすぎる瞳《ひとみ》を苦々しく見つめる。知ったところで、どうせ碌《ろく》なことではないのだろう。でも彼の執着心は、恋愛感情を上回り薄ら怖い気さえしてくる。

まさかストーカー？　志水の記憶がないのをいいことに、都合よく事実を歪《ゆが》めているとか……そんなことを咄嗟《とっさ》に思ったが、すぐに「違う」と自分の中の何かが否定していた。

歯磨きを終え、用意してくれた服に着替えた。

服は、ブランド物の白いシャツに、薄手のネイビーのニットカーディガン。それにブラウンのタータンチェックのボトムスで、不気味なことにサイズがぴったりだった。

それを訝《いぶか》しむと、

「俺がお前のサイズを忘れるわけがない。左手の薬指のサイズも、もっとヤバいところも知っているからな」

と自信たっぷりに言われて、やはりストーカーを疑った。

着替えを終えると、ダンデライオンでモーニングを食べた。店に入るなり聖子さんは昨日寝込んだことを心配して、さっぱりとした格好をことの外《ほか》喜んでくれた。今まで彼女に強く言われたことはなかったが、気にはしていたようだ。すこぶる喜ばれて少し反省した。

殺人事件の報道はニュースに取り上げられることもなく、新聞記事もあれから一度も載っていない。

西河内《にしかわち》で起きた殺人事件は、未《いま》だ犯人不明のまま時の流れに呑《の》み込《こ》まれて忘れ去られようとしているようだ。食事中、聖子さんに事件のことを言えば、「そういえば事件があったのよねぇ」と遠い昔の話をするような口調だったし、喫茶店の常連客の誰一人として話題にしようともしない。寧《むし》ろ朝の連続ドラマのほうが重要らしかった。

「人が死んでいるのに、どうして誰も無関心なんだろう」

店を出て、林田の車のあるパーキングへ向かう途中、志水は訊《き》いた。

「端的に言えば慣れだ。知っているか？　ここいらで人が死んでいないビルはない。特に駅前のこの地区は殺人事件が多くて、地元住人もある種の慣れがある」

今朝の林田はサングラスをかけ、グレーのシャツに黒のジャケットとジーンズというラフなスタイルだが、生まれ持った素材がよすぎて嫌味なほど様になっていた。

朝帰りのホステスが通り過ぎる林田の姿を目で追っている。その後、志水と目が合うと、にこりと笑い返されて、密《ひそ》かに驚いた。先日は志水を見るなり足早に通り過ぎていったのに大きな差だ。反応に困って、今度は志水が足早になっていた。

「慣れているから興味もないってこと？」

林田に追いついて、もう一度尋ねた。

「まあ、そうなるな。たとえば、とある殺人事件が大々的に報道されたとする。メディアが連日詳細を伝えて、それが大事件だと皆が思う。その逆で同じ殺人事件でも報道されなかったとする。今回みたいに小さな記事が一つだけ載るような事件だとすると、人は死んでいるが事件としてたいしたことはない——と、思うかもしれない。過去の経験で学習することを般化《はんか》と呼ぶんだ」

「人が死んでいることには変わりないだろ」

「そこが難しいところだ」

出会い
カフェ
無料案内

ボトムスのポケットから鍵《かぎ》を出して、林田が小刻みに頷《うなず》いた。

「実際、報道が過熱しすぎて、過度な不安を与えるモラル・パニックが起きることもある。般化の一種で模倣犯が出る場合もあるしな。何にせよ、人ってのは環境にもメディアにも大きく左右されるってことだ」

「そうじゃない人だって、いっぱいいる」

誰かを擁護するわけではないが、一概に決めつけられているような気がして嫌だった。

志水が言うと、林田は「まあな」と苦笑して車のドアを開けてくれた。

「ここでもし連続殺人が起きた場合も厄介だ」

運転席に乗り込み、林田がエンジンをかけた。またクラシックが静かに流れはじめる中、ナビを操作している。西河内署へ行くらしい。

「犯罪に慣れた地区でも連続殺人となれば話は別だ。刺激的な話題に住人も注目するだろう。そこで今まで見聞きしてきた経験や話題を分析して、主観的な独自の理論を語りだす。それをしろうと理論と言う。そんな無根拠で整合性のない理論が噂《うわさ》で広まってみろ。強姦《レイプ》神話もまさにそれだ。だから素人が出しゃばっちゃ駄目なんだよ」

車が静かに動きだし、秋晴れの街を走った。

子連れの女性や、営業らしきスーツの男性、立ち話している老夫婦と、昼間の街の景色はのどかで事件が起きたとは思えない。この光景も慣れの一つなら、人の順応性は強い。

「犯人が逮捕されてもされなくても、街はいつもどおりなんだ」

「そういうもんだ。だから事件って言うんだ。意外な出来事って意味だからな」

なんでも知っている男だ。知識が自信に繋《つな》がるのなら、何も知らない志水が不安なのも当然なのかもしれない。自分のことすらはっきり覚えていないのだから。

西河内署へ到着し、刑事課に行くと、また刑事たちの迷惑そうな顔の出迎えにあったが、それを無視して関口《せきぐち》を呼ぶと、スポーツ新聞片手に大あくびをしているところだった。

二人に気づくなり、嫌そうに顔を顰《しか》めて、くるりと背を向けてしまった。

「捜査はどうした」

容赦なくヘッドロックを決めた林田に、うえっと呻《うめ》いた関口が机を叩く。

「殺人事件が起きてるのに、やけに暇そうじゃないか。余裕だな」

「や、やめろっ、ころっ、殺す気かっ、ぉ、おい！」

林田は緩めるどころか、一層絞めて関口が焦っていた。間抜けな様子に志水がくすりと嗤《わら》うと、林田が漸く手を放して、関口がぐったりと机に突っ伏した。

「あんた……公務執行妨害だぞ」

「スポーツ新聞片手にあくびしている奴《やつ》の、何を妨害したって言うんだ」

「たまたま休憩していただけだ。——こっちこい」

乱れたスーツの上着を直しながら関口が席を立った。警察署を出て、裏の駐車場へ行くと早速煙草《たばこ》に火を点《つ》けた。

「あんたらと一緒にいたら、仲よしだと思われるだろうが。冗談じゃないぞ」

「事件捜査はどうなってる」

「俺の話は無視か。そもそも捜査状況を言えるわけがないだろ」

「赤い財布」

志水がぽつりと言うと、関口が天を仰いだ。

「おい、やめろよ。ふざけんな。俺を脅迫する気か」

「脅迫じゃなく、協力だ。状況はどうなってる。進展してんのか？」

「あんた、犯罪心理学者だろ？　探偵でもする気か？」

「無駄口はいいから、情報だけ寄越せ」

ネクタイを引っ張られて、関口が煙で噎《む》せた。クソッと悪態を吐《つ》いて、吸いかけの煙草を靴で踏み消すと、声を潜めて話しだした。

「あの事件な………捜査が休眠状態になってる」

「はあ？　まだ五日しか経《た》ってないのにか⁉　そこまで無能か」

「そうじゃなくて……だから、その……あー…………って、察しろよ！」

関口が怒ったが、とんだ逆ギレだ。

「知るか馬鹿《ばか》！」

案の定、林田が応戦して、志水は密かに溜め息《たいき》を吐いた。

「馬鹿はそっちだろうがっ。ちょっとテレビに出てるからって偉そうに！」

「テレビとお前が馬鹿なのは一切関係ない。どういうことだ、ちゃんと説明しろ！」

仲が悪い理由は知らないが、簡単に情報をもらえるわけがない。

楽しげに口喧嘩《くちげんか》しているようにも見える二人から一歩離れると、関口に向かって意識を繋げてみた。

糸は彼の胸から、ゆらゆらと湯気のように伸びていた。細くて繊細な一本に自分自身の糸を伸ばすと、二本は音もなく繋がって、彼の苛立《いらだ》ちが押し寄せる。

ウッ…と喉《のど》の奥で呻いて歯を食いしばると、遅れて記憶が脳内に入ってきた。

早送りされた映像が目蓋《まぶた》の裏に映し出されていく。欲しい情報だけならまだしも、関口の知りたくもないプライベートまでが飛び込んできて気分が悪い。パチンコで負けたことなんて、どうでもいい。一瞬だけ覗《のぞ》き視《み》てすぐさま糸を切ると、どっと息を吐いて花壇の縁に腰を下ろした。

耳の裏で鼓動がして、こめかみがズキズキと痛みを発してきた。これさえなければ楽なのだが、人知を超えた能力を使う代償にしてはマシなほうかもしれない。

幸いにも林田は志水が能力を使ったことに気づいていなかった。志水が痛みに苦しんでいる間も、二人は子供じみた喧嘩を続けている。どちらかと言えば、知識が豊富で自信家な分だけ林田が優勢だが、関口も性格が歪んでいるだけあって負けていない。

腹を割って話せば友人になれるような気もするが、二人は絶対に認めないだろう。

やれやれと、立ち上がり、志水は二人の間に入った。

「勤務中にパチンコをした」

「あ？」

「従業員を脅して、酒を飲んでた」

「おい……」

「飲み屋でも店員を脅して奢《おご》らせてた」

「ちょっと待て。ストーカーか？」

「お前のどこにそんな価値がある。ムキになるってことは事実だな」

煩《うるさ》い！　と、関口が顔を真っ赤にして怒った。気持ちを落ち着かせるように二本目の煙草に火を点けて、忙《せわ》しなく煙を吐いている。貧乏ゆすりも鬱陶しい。気の小さい男だ。

「…………俺が言ったなんて、誰にも言うなよ」

憮然《ぶぜん》としながら、関口が紫煙を吐いた。

「わかってるって。お前とは仲よくしたいからな」

「冗談じゃない。クソッ、だからこいつと関わるのは嫌だったんだ。課長が電話しろって言うから……あー……」

「関口、話が長い」

「わかってるよ、うるせぇなっ」

吐き捨てると、二人の肩を掴み近くまで引き寄せた。

「絶対に秘密だからな」

関口は一層小声になって、二人を交互に睨《にら》む。しつこく念を押すあたり、よほどのことらしい。林田と志水はそれぞれ頷いた。

「被害者は西口の会員制クラブで働いていたらしい。少々サービスのいい店でな——常連も結構な客だ。……たとえば、うちの署長が潜りで通うような」

「なるほど」

林田がしたり顔になって、関口は尚《なお》も言いづらそうに表情を険しくした。

「まずはその店で話を聞くか」

林田の提案に志水も頷いたが、関口はやめとけ、と即座に否定した。

「叩けば埃《ほこり》が出るし、店の名前を世間に出すわけにはいかない」

「迂闊《うかつ》に近づけないのか」

そうだ。と、関口が珍しく刑事の顔で頷いた。

「あんたもわかるだろ。スモーキングリリーの店だ」

「ああ……なるほど。その名前、久し振りに聞いたぜ。そりゃ会うのは難しいな」

林田は納得したが、志水は初めて聞く名前だ。

「会おうなんて思うな。運悪く会ったとしても絶対に怒らせんなよ」

「わかったわかった」

林田が素っ気なく礼を言うと、関口は足早に署内へと帰っていった。行くぞ、と呼ばれて再び車に乗り込むと、林田が運転席から怖い顔で睨んできた。

「能力を使ったな」

気づいていないと思っていたのに見抜かれていた。眉《まゆ》を顰《ひそ》めると、こめかみに鋭い痛みが走る。

「……あのままじゃ、埒《らち》が明かなかった」

「俺との約束はどうした」

「それは、」

「それは？」

「それは………」

問い詰められて、言《い》い淀《よど》む。次第に俯《うつむ》いていく志水を、林田は苛立ちを込めて冷ややかに覗き込んでいた。

「言い訳なんてできないよな。約束を破ったのは事実だ」

「でも、あのままだったら、いつまでも平行線だ」

「俺が口論で関口に負けると思うのか」

思わない。と小さく返して、志水は唇を嚙《か》む。

確かにそうだが、能力を使えば早いと知っていた。実際あの後、関口はすぐに折れて白状したのだから結果的には成功ではないか。とはいえ、約束は約束だ。それを言うのは、言い訳だし、間違っていることもわかっていた。

「以前のお前は碌でもなかったけどな。でも俺を裏切るようなことは絶対にしなかった」

エンジンがかかって、穏やかな曲が微《かす》かに聞こえてきた。今の二人の間には少し物足りなさを覚える曲だ。いっそ大音量にしてくれたら気持ちも紛れるのに。

「頭痛は？」

「……ある」

「だったら次はドラッグストアだな。ついでに日用品も揃《そろ》えるか」

そう言うと、林田は漸く車を出した。

「スモーキングリリーって？」

隣でじっとしているのが心地悪くて、おずおずと尋ねると、林田はまだ少し怖い目つきでハンドルを握っていた。

「この街の陰のトップの一人だ。以前、西河内署で捜査協力したときに、その名前を耳にしたことがある」

「マフィア?」

「華人だが、マフィアではない。多分な。こういう古い歓楽街には往々にして派閥があるからな。そのうちの一つのトップがスモーキングリリーだ。でも彼女は滅多に姿を出さないから、会うのは難しいぞ。——おっと、俺との約束は破るなよ」

最後に釘《くぎ》を刺され、無言のままむくれていた。

「手っ取り早いのに、とか思ってるだろ」

「思ってる」

「その楽さに甘えて、後で取り返しが付かないほど痛い目に遭っても知らないぞ」

とっくの昔に痛い目に遭っている——とは答えずに、つまらない顔をして窓の外の流れる景色をぼんやり眺めていた。

*

西河内駅を挟むように、西口と東口には無数の風俗店がある。

特に西口は線路に沿うように大規模風俗店が並び、どぎついネオンと美人ホステスたちのパネルが壁一面に飾られて、目の眩《くら》んだ男たちが店内に吸い込まれていく。

駅前ではホストやホステスが客引きをしていて夕暮れから賑《にぎ》やかだが、中には囲みでスリをする外国人犯罪も多発していて警官の目も鋭い。しかしそれが西河内の普段の夜だ。

いつ帰るのかわからない林田に巻き込まれ、昼間は日用品やら家電の買い物に付き合わされた。調査がしたいと焦る志水を邪魔しているのだろうか。それとも約束を破ったことへの罰か。どちらにせよ、林田は陽《ひ》が落ちるまで志水を連れ回して、調査らしいことをさせてくれたのは夕方になってからのことだった。

林田曰《いわ》く、スモーキングリリーの店は西口と東口合わせて、警察が確認しているのは七つあるらしい。関口にも確認したから間違いはないようだが、会員制クラブは西口の、駅から少し奥まった場所にあるようだ。しかしその店のどこにリリーがいるのか、はたまた本当にいるのかは関口にもわからなかった。

七店舗くらいなら一店ずつ回ればいいと思っていたが、さすが派閥のトップだけあってスモーキングリリーに会わせてくれと頼んでも、当然通してくれるわけがなかった。しつこく居場所を聞けば店員に追い出される始末。ましてや被害者の女性のことを聞けばば、途端に大勢の男たちに囲まれ、何度となく危うく殴られそうになって二人は逃げ出した。

やはり店側は被害者女性の件でぴりぴりしているようだ。店から出るなり今度は内偵中の警察に捕まって、ワゴン車に押し込められた。

「お前らどういうつもりだっ」

「どいつの情報だッ、言え！」

「偶然だ！　たまたま店に入ったんだ！」

と、林田が言っても信用されるはずもなく。

胸倉を摑まれ、四、五人の警官に怒声を浴びせられて、最後には人気《ひとけ》のない場所で放り出された。林田に至っては蹴《け》り出《だ》されて、コンクリに突っ伏しながら腰を押さえている。

「あいつらァ……俺たちだとわかって手加減なしか」

ジーンズについた砂を払いながら林田が憤慨していた。志水も見知らぬ場所に降ろされ機嫌が悪い。捜査初日から二人は警官に拉致《らち》され、路上に捨てられるという洗礼を受けたが、諦《あきら》めるどころかどちらも俄然《がぜん》やる気に火が点いていた。

「あいつら、何してたんだ」

「風俗店の取り締まりだろ。内偵調査中のところを俺たちが行ったんだろうな。店に警戒させたくなかったんだろう」

「だからって乱暴だ」

「人殺しか放火魔みたいな扱いだったな。ただでさえ検挙率が悪いと評判の警察署だ。ポイントが稼げるのは風俗店の取り締まりだからな」

「でも署長が贔屓《ひいき》にしてる店だって」

「そこだけしないわけにはいかないんだろ。形式的ってやつだ」

「馬鹿みたいだ」

「大人の事情さ」

駅はあっちだ。と、スマホで地図を確認して人気のない住宅地を歩いていくと、時折客引きのホストとすれ違った。

マンション下のガレージで暇そうにしながら声をかけられて、志水は静かに驚いた。駅前ならともかく住宅地にまでいるのか。さすが日本有数の歓楽街だ。ごく自然な風景に夜の住人たちがいる。

「住宅地には出張ホストやデリヘル系が多いんだ。あとはゲイバーにオカマバー。少し入ったところに穴場みたいな店がごろごろあるし、以前はソープランドも多かった。池袋や新宿はいかにもって感じだが、こっちは土地に根付いている感じだな。近隣の清掃もしたりして、住人も住人で迷惑をかけなければヨシみたいなところがある」

「詳しいんだな」

「調査でさっきの奴らと暫《しばら》く一緒にいたからな。闇《やみ》カジノと闇売春と、この街に限らず、不正営業の連中は隠れん坊が上手だから、探す鬼は大変だ。だからって俺たちを蹴り出す理由にはなってないけどな」

人通りの少ない一本道を二十分ほど歩き続けると、ひょっこりと駅前の派手なネオン街が見えてきた。志水にとってはそれが見慣れた景色で、馴染《なじ》みのある地元だ。

「今度は東口に行ってみるか」

「また追い出されるに決まってる」

十字路を斜め横断しながら志水はかぶりを振ると、先に渡りきった林田が振り返った。

「だからって能力は使わせない」

「このための力だ。今使わないで、いつ使う」

「使う必要なんてない。はじめからそんなものないと思え」

「僕にとって自然なことだ」

「使った後で青白い顔して頭痛に苦しんでいるくせにか」

酔っ払いのサラリーマン団体や帰宅中の会社員をよけて、二人は駅に向かっていた。日本語と中国語と韓国語《かんこくご》、その他にも多種多様な言語が聞こえる夜の街は、昼間よりも活気があった。

楽しげに行き交う彼ら一人一人の躰からも細い糸が伸びて、秋の肌寒い夜に漂っている。その一本に繋がれば、感情も記憶も簡単に知ることができるし彼らにリスクはない。

仮にあるとするなら、それは志水にだけだ。痛みにさえ耐えれば誰にも迷惑をかけることもないのだから、なぜ我慢する必要があるのだろうか。

「俺からすれば、それはアルコールかドラッグみたいなもんだ。自分から切り離せずに、ことあるごとに離脱症状が起きている。依存だ」

「否定はしない」

事件が起きてからは繋がらない日がないほどだ。今までは糸を視ても繋がることは極力避けていたが、今は自然な行為のように他人の記憶を覗き視てしまっている。

林田が危惧《きぐ》するのも当然だ。けれど闇雲に探し回るよりも効率的だ。それに気づかない男ではない。

「あんたは僕の我《わ》が儘《まま》に付き合うことが目的で、犯人を見つけたいわけじゃない」

「専門家としての興味はある」

多少な。と気のない口調で付け足した。

「あったとしても、ほんのわずかだ。寧ろ目的は僕だろ」

「──読んだのか」

「ずっといればわかる。エロいことしか考えてない」

「それは当たりだ。当然だろ。三年ぶりに逢《あ》えたお前に、一度も触れてない」

「十分触られた気がするけど」

「全然足りねぇ。どれだけ俺が我慢してると思ってんだ」

「知らないよ。だけど、あんたは僕がこの調査に満足すれば、それでいいと思ってる」

「……ああ、思ってるよ」

歩く足を止めて、林田が観念したように言った。

「お前にはさっさと満足してもらって、大きめのベッドを買いに行きたい。食器類もいるだろ。リフォーム会社にも連絡したいしな。いや、いっそ引っ越しするのはどうだ？　お前がこの街を気に入ってるなら、それでもいい。だがもう少しマシな部屋にするべきだ」

「もういい」

一瞬でも気が合ってきたような気がしたが、結局これだ。路上で雄弁に語る男を置いて、志水は自宅へと歩いていった。

駅から徒歩二分と最高の立地条件のビルの前は、酔っ払いと客引きで溢《あふ》れている。聖子《せいこ》さんはいつも夜遅くまで店を開いていた。ガラス越しにコーヒーを淹《い》れている姿を確かめて、五条ビルへと入っていった。

「志水、怒るな」

部屋に入った直後、おい、と腕を掴まれて、志水は足を止めた。

「以前の僕があんたをどれほど甘やかしたのかは知らない。でも今の僕は、あんたと何をするかより犯人を見つけたいんだ。ベッドも食器もどうだっていい。そんなもの勝手にすればいいだろ。引っ越ししたいなら勝手に行け。僕はここにいるし、犯人も一人で捜す」

おい…と呆れる手をほどいて、ドアを閉めた。締め出しを食らった林田が、ドア越しに唸《うな》っている。

『悪かったよ。謝るから開けてくれ』

「別に謝らなくたっていい。あんたは僕の我が儘に嫌々付き合っているだけだ」

『俺は不要ってことか』

「不要とか、必要とか、そんなこと以前に、僕が勝手にしただけだ」

志水に口説かれたとか、堕とされたとか、それが真実だとしても過去の話だ。志水は覚えていないし、事実だったのか確認しようがない。単なるストーカーだという可能性だって捨てきれないのに、彼の何を信じたらいいのだろうか。

そうか。――と、ドア越しの気配が離れていく。

彼が行ってしまったと気づくと足が動きかけた。しかし駄目だ。志水は前とは別人だ。彼がどれほど志水に夢と希望を抱いていたかは知らないが、以前の自分とは違うことに失望しただろう。けれど今は彼が求めるような人間にはなれないし、失った記憶をどんなに探ったって以前の志水一之《かずゆき》にはなれない。

ドア越しに彼の気配が消えると、志水は溜め息を零《こぼ》した。

また一人きりになった。でも、いつもの日常に戻ったと思えば寂しくはない。

カーテンが開けっ放しの部屋は、いつものように外のネオンが見えたが、心なしか寂しい色をしているような気がした。いや、寂しくなんてない。気のせいだ。

ソファに深く凭《もた》れるとほぼ同時に、ガン！　と破裂音がしてドアが吹き飛んだ。

「……え？」

鈍い音を立ててドアが倒れると、林田が怒気を滾《たぎ》らせながら仁王立ちしている。

なんてことだ。ドアを破るなんて、どうかしている！

絶句したきりリアクションの取れない志水を林田が捕まえた。びくりと躰が跳ねた志水を、二の腕を摑んだまま林田が睨みつけてくる。志水は恐怖に竦《すく》んでいた。

「今、するか」

「……え？」

「今、ここで。するか」

「するって」

「お前はじっとしていればいい。脱がすのも始末するのも俺がしてやる」

「な……っ、なに言って……っ」

カッと顔が赤くなって、摑む腕をほどこうともがいた。しかし林田の腕力は強く、逆にソファに貼《は》り付《つ》けられて一層動けなくさせられる。

林田がのしかかってきた。瞬《まばた》きすら許さない形相《ぎょうそう》で凝視されながら、志水は叫んだ。

「嫌だッ。僕は以前の僕じゃない！」

「黙れ。お前はお前だ」

「違うッ。あんたのことも覚えてないし、恋人だなんて信じられないんだッ」

「だから教えてやる」

もがく手を強く押さえながら林田が言った。

「そんな怪しげな能力じゃなく、躰と躰を繋げてみればわかる。俺たちがどれだけ愛し合ったか、全部だ」

「だから！　以前の僕で、今の僕じゃないっ」

「お前はお前だ。覚えてなくたって、お前が俺を選んで、俺を愛した。その事実は絶対に揺るがない。単に忘れているだけだ。忘れたからって、無効にできるわけがないだろッ」

低い声に強い覚悟を感じる。怖い。目にいっぱいの涙を浮かべながら脅《おび》えた志水に、林田が驚きの目を見開いた。

「泣くな」

「泣いてない」

「泣くなって」

「泣いてないってッ」

しつこい男だ。そんなことはとっくの昔に知っていたが、改めて思う。以前の自分は、こんな男の何がいいと思ったのだろう。

「言っておくが、泣いて俺が後悔すると思ったら間違いだ。逆に興奮するからな」

「最悪だ」

「まともだったら、ドアを蹴破ったりしないさ」

確かにそうだ。けれど涙を見られて、彼なりの心境の変化はあったようだ。

志水が「放せ」と言うと腕の拘束が緩み、目尻《めじり》に引っかかった涙を擦《こす》った。

一方林田は諦めた様子でソファに腰を下ろした。隣に並んで、志水に向かって凭れてくる。邪魔臭い。仏頂面《ぶっちょうづら》で押し返したが、林田はしつこく半身を倒してきた。

「俺の本心を見抜けたんなら、俺が怒っている理由もわかるだろ」

「僕が拒絶した」

「違う」

「約束を破った」

違う。と、ネオンを見つめながら、林田は暗く答えた。ぼんやりとした瞳を隣から見つめると、志水まで落ち込んでいく。自信家で気丈な男だと思っていたが、その裏で傷ついていたのだと今更気づいてしまった。

「……理由なんて、わかんないよ」

少し前まで自分の顔すら覚えていなかったのに、面倒な男の本心なんて言い当てられるはずがない。さっきのだってまぐれだ。過剰な期待はやめてほしい。志水は頭を掻《か》き毟《むし》り、深く項垂《うなだ》れた。

「お前、犯人と被害者のことばっかりだ。三年ぶりに逢ったってのに」

「……………………嫉妬《しっと》？」

項垂れたばかりの頭を起こし、志水は隣の男を覗き込んだ。

地位も名声も、容姿も完璧《かんぺき》な男がたかだか嫉妬で腹を立てていたなんて驚きだ。おもわず声が震えると、林田は眉間《みけん》に深い皺《しわ》を刻んでみせた。

「悪いか？　俺が嫉妬しちゃ悪いって言うのか？」

「別に。でも、少し驚いた」

少しどころか、結構驚いている。密かに笑った志水に、林田が気むずかしい顔をして、ふん、と鼻を鳴らしてみせた。

「ムカつくんだから、仕方ないだろ」

「だったら、早く事件を解決すればいいんじゃないのか……？」

志水の提案に、林田が振り返った。

「そこは事件解決より、仲直りのキスが欲しいところだ」

「根本的解決じゃない」

「確かにそうだ」

林田が顎を撫《な》でて、また少し考えている。真剣な表情は絵になるが、考えていることが惚れた男のことだなんて、ある意味もったいない男だ。

「お前の魂胆がわかった。約束を反故《ほご》にする気だな」

「僕ははじめからそのつもりだ。あんたがドアを蹴破って、勝手に騒いだんだろ」

「蔑《ないがし》ろにされて、いい気はしないからな。――まあいい。あの安物ドアを蹴破ったおかげで、少しは気が晴れた。次はもう少しいいデザインのにするからな。鍵も増やすし」

「勝手にしてくれ」

林田という男が、何をしても懲りないし引き下がらないことだけは、よくわかった。

一体どこまで惚れているのか、なんて聞いたところで面倒なだけだ。知れば知るほど困るような気がする。

「志水。俺が何を言ってもどうせお前は能力を使うんだろうが、でも無茶はするな」

心配なんだ。と言って、膝《ひざ》の上に置いていた手を林田が強く握り締めてきた。

「無茶をしないつもりなら、はじめからこんな能力は使ってない」

「だけど、」

「僕の好きにさせてくれ」

「――わかったよ。だけど側にいる」

少し気は散るが仕方ない。志水もそれで頷くと、漸く主導権が戻った。

「力を使っているときは、絶対に声をかけるな」

ソファに深く凭れ、窓の向こうの夜空へと意識を飛ばすと、たゆたう光の草原が足下に延々と広がっていた。いつ訪れても美しくて時を忘れる光景に、ちっぽけな悩みなどどうでもよくなってくる。夜空に身を浮かべながら、ずっと眺めていたい誘惑を抑えて、調査に集中した。

志水はスモーキングリリーの顔を知らないから、まずは知っている連中の糸から繋がる必要があった。

先ほど追い出された店の店長を見つけて肩から伸びた糸に絡むと、煙草の苦みや酒の濃厚な香りとともに記憶が流れ込んできた。数え切れない常連客の顔と、厚々とした札束の山。仕事の愚痴と着飾った女性たち。女性たちの中に、――彼女がいた。

「あ……」

パールホワイトのシフォンのドレスに、立っていられるのが不思議なくらい高いヒールを履いた彼女は、まじめで店長にも気に入られていた。彼女の名前は華蓮《かれん》。彼女はリリーに可愛《かわい》がられていて、働いて間もないのによくしてもらえていたようだ。リリーさん、リリーさん、と何かと話題にする彼女が視える。

ではスモーキングリリーは、どこにいる。煙草の煙でよく視えない。

店が終わると、店の男が彼女たちを送り迎えしているようだ。店長から糸を切り、今度は男の糸に繋がると、ワゴン車を走らせる光景が見えてきた。

彼女はリリーの持つマンションへと連れていかれた。家出娘の彼女は住む場所もなく、リリーの元で家事をしているらしい。

降ろされたマンションが視えた。彼女は運転手に手を振って、エレベーターのボタンを押している。男は彼女がエレベーターに乗り込むまで見届けてから、車を出した。ボタンは、十二階。最上階だ。

男から意識を切り、今度はマンションへと移動させた。スモーキングリリーの顔は未だにわからないが、十二階に住んでいるのは間違いないだろう。他の糸に触れないように慎重に掻き分けていくと、また煙草の煙を感じる。

「――いた」

ぽつりと零すと、咥《くわ》え煙草の中年女性に繋がった。


自分自身の躰に意識が戻ると同時に、こめかみに激痛が走った。

気絶しそうなほどの痛みに息を詰まらせながら倒れると、心配した林田がすぐに頭痛薬を出してくれて、震える手でそれを飲んだ。しかしすぐに痛みが引くわけもなく、ソファに倒れながら痛みが去るのをじっと待つ。その間に林田は毛布を持ってきてくれて、肩からかけてくれた。

「……スモーキングリリー、見つけた。東口の、マンションの……一番上……何か知ってる……だけど、限界がきて……少ししか視られなかった……………」

「わかったから、少し休め。顔が真っ青だ」

「駄目だ。行かないと……リリーが移動するかもしれないだろ」

「だとしても、そこが彼女の家なら必ず戻ってくる」

「嫌だ」

押《お》し止《とど》めようとする林田を振り切り、志水は立ち上がった。途端に首筋にざわつく痛みが広がって、歯を食いしばる。頭を抱えながら俯くと林田が支えてきた。

「だから嫉妬すんだろうが。お前が添い寝した死体は、よっぽどの美人か」

「……綺麗《きれい》だった。でも違う。そうじゃないんだ」

何が。と不機嫌に返されたが、志水にもよくわからない。あの事件に関わったことは確かだ。死の間際の声を聞いたのも印象的だった。でも違うのだ。もっと違う何かが志水を固執させている。

「わかったよ……ほら、行くぞ」

肩を抱かれたまま林田が歩きだして、志水もよろけながらついていく。

ちらりと見上げた彼はまだ不機嫌そうだった。それでも結局志水の我が儘に付き合ってくれる。

「我が儘なのはまったく同じだな」

と林田が皮肉に笑った。

志水の自宅ビルは西口にある。

駅を抜けて東口へ出ると、ファーストフード店やカラオケ店が多く目に付いた。

風俗店が多いのが西口なら、東口は若者の店が多く、一方で古くからの商店街があったり、建設中のマンションがいたるところに見える。

西河内一つを見ても、駅を挟んだ東と西では雰囲気が大きく違う。光と影の対比が明確だが、しかし駅から少し遠ざかるだけで、東口にもけばけばしい店がまだ点々と残っていた。

歩いていくと言ったのに、林田に車に乗せられて線路沿いにあるマンションに向かった。近くにはビジネスホテルやタイレストランがあり、人通りも多い。外は賑やかだ。近くのパーキングに停《と》め、エントランスからインターフォンを押すと、すぐにも反応があった。

『誰？』

カメラでこちらの顔が見えるのか、スピーカーからぶっきらぼうな若い女性の声がして、林田が慌てだした。

「あー…私ども火災報知器の調査で、マンションの管理会社から参りまして…えっと」

慌てて適当なことを言う林田を押し退《の》けて、志水はカメラに向かって言った。

「スモーキングリリーに会いたい」

「ちょ、おい、いきなりか！　そりゃ無理だろっ」

「そこにいるのはわかっているから、出して」

途端にインターフォン越しの気配が消えて静かになってしまった。

ねえ。と話しかけても返事がない。もう一度インターフォンを押したが、やっぱり出る気配はなかった。

「ほら見ろ。そう簡単に会えたら苦労しないんだよ。触らぬ神に祟《たた》りなしだ」

「祟られる理由がない」

「インターフォンを押すだけでも十分理由になってる。ほら、帰るぞ。いきなり押しかけてきた時点で俺たちは不審人物だ。袋叩きで多摩川《たまがわ》に捨てられたって文句は言えない」

林田が腕を引っ張って強引にきびすを返すと、マンション前にワゴン車が停まって男たちが入ってきた。ただならぬ雰囲気に林田の足が止まると、男たちが無言で取り囲む。

「お客人？」

「上の階に何か用か？」

「えっと……ま、まず俺たちは怪しい者じゃない」

「スモーキングリリーに会いたい。最上階にいるだろ」

「志水っ、お前ッ――ぅおいッ」

ただ用件を伝えただけなのに、男たちが突然両腕を摑み、どかどかと足音を響かせてエレベーターに押し込んだ。ドアが閉まるなり、林田の口を屈強な男が押さえる。志水は黙って徐々に上がっていく案内板を見ていた。

チンと軽やかな音がしてドアが開くと、目の前には玄関があった。そこにも男二人と、若い女性たちが睨みをきかせている。半ば引きずられながらもリビングに入ると、膝裏を乱暴に蹴られて、ガクンッと膝を折った。

「――よく来たねぇ、坊やたち」

革張りのソファに悠然と座りながら、小太りの中年女性が煙草を吹かせていた。

白髪を隠さない髪は無造作な肩までのパーマヘアで、リリーという名はどこからついたのだろう、と不思議になる容貌《ようぼう》だ。しかも花柄のエプロン姿で、いわゆるおばちゃんのイメージそのものだが、若い頃はそれなりに美人だっただろうことが顔つきでわかる。

彼女がけっして平坦《へいたん》な人生を歩んできていないことも、二人を見据える異様に鋭い眼光や、冷厳さを帯びた怒気を放つ姿でわかった。それは思わず林田までが絶句するほどだった。

「アタシも待っていたんだよ。犯人はきっとここへ来るだろうってね」

「ちょっと待ってくれ、俺たちは、わっ、おおい……ッ」

頭を押さえられて、床に押しつけられた。林田が痛みに顔を顰めている。

「志水！　お前も何か言え！」

「華蓮に用があって来たんだろう？　あの子はねぇ、以前からストーカーがいるってアタシに言ってたんだ。どんな野郎かとっ捕まえてやるはずが、その前にあの娘は……」

リリーが咥え煙草で目頭を抓《つま》んでいた。一時黙り込んで、目尻を拭《ぬぐ》うと再び睨む。

わずかだが彼女と繋がって、深い悲しみを感じていた。だからこそ彼女は犯人を猛烈に憎んでいる。警察ではなく、自ら制裁を下してやろうという気概に満ちていた。

「彼女は死んだんだ。もしストーカーが犯人なら、わざわざ乗り込んでくるはずがないだろう！　俺たちは犯人じゃない――」

「華蓮だけじゃ飽き足らず、美桜《みお》まで攫《さら》っておいてよく言ってくれたね」

「他にも被害者がいるのか⁉」

「しらばっくれんじゃないよ」

リリーが立ち上がり、二人を見下ろした。

ふーっと白い煙を鼻から吐き出し、林田の頭を踏みしめる。痛みに苦悶《くもん》の声を洩《も》らして、林田が顔を顰めていた。

「もし攫われたときは、アタシの許可をもらえば嫁にできると、だから変態にはこの場所を言えと娘たちには教えてあるんだ。変態はね、娘たちが欲しいばっかりに真に受けるんだよ。――坊やたちみたいにね」

「だから違うんだ！　いや、犯人はストーカーだろう。同一人物ならおそらく親密希求型だ。早く捕まえないと、第二第三の事件が起きるぞッ」

「そうかい。だったら可愛い娘たちのためにも始末しないとね」

男たちが二人を強引に立たせて、また引きずっていく。

「志水！　なんか言え！　お前が行くって言ったんだろうがっ」

そうだ。林田が止めるのを押し切ったのは自分だ。けれどスモーキングリリーを目の前にした途端に、彼女の悲しみに当てられて声も出せなかった。

志水！　と林田が叫ぶ。

煩いな。わかってる。男たちに引きずられながらも、声を振り絞った。

「彼女は…華蓮はリリーさんが大好きだった。お母さんみたいに思ってた」

深く繋がったわけじゃないが、彼女から感じるのは家出娘を本当の娘のように可愛がってくれたリリーへの感謝の想《おも》いだ。——それを伝えたくて、志水はここへ来たのかもしれない。

「お前、もっと説得力のあることを言え！」

林田が怒ったが、それ以上は何も浮かんでこない。スモーキングリリーは無言で目を細めながら、品定めするように志水を凝視して、ふー…と紫煙を吐き出した。

広いリビングが煙草の煙で曇っている。豪奢《ごうしゃ》なシャンデリアも壁も黄ばんでいて、元の色がわからないほどだ。

「予報じゃ、今夜は雨になるそうだから、山に捨てておいで」

マジか！　と林田が叫び、男たちが二人の躰を軽々と持ち上げた。それを娘たちが笑って見ている。

スモーキングリリーはさっさと背を向けてソファへ戻ると、吸いかけの煙草を消して、新たなそれに火を点けていた。

＊

——それからのことは、消したい記憶のトップに上がるほど最悪な出来事だった。

リリーの部下に捕まった志水と林田の二人は、手足を拘束されて袋叩きにあった。激痛に何度か失神しかけたが、幸い命までは取る気がないのか、ぐったりしているところをワゴン車に押し込められ、彼女の命令どおりに山中に投げ捨てられた。

どこの山かは知らないが、捨てられた場所が悪くて緩やかな崖《がけ》になっていたようだ。枯れた木の枝に全身を針のように刺されながら転がり落ちて、やっと止まったときには、いっそ死んだほうがマシだと思うほどに全身が悲鳴を上げていた。

痛みを通り越して、細胞が発熱している。全身が熱で爛《ただ》れ落《お》ちそうな感じがした。人に会いに行っただけなのに、こんな目に遭うなんて思わなかった。どこが痛いのかわからないが、多分全身痛いのだろう。絞り出すように呻くと、志水の近くで林田の呻き声がして彼の無事を知った。

「……生きてる……？」

「うるせぇ……あー……」

悪態を吐いて、林田がまた呻いた。

さすが体格がいいだけあって、思ったより元気そうだ。声のするほうに手を伸ばそうとしたが後ろ手に縛られていて、突っ伏したきり身動きが取れない。息を吸うごとに土と枯れ葉と血の臭いがした。

「クソッ。なんで俺がこんな目に…………あー……とばっちりもいいところだ！」

ぼやきから大声になって、夜の森によく響いた。

「可愛い顔して、お前は疫病神か！　お前と逢ってから俺は碌なことがない！」

「そんな僕にずっとつきまとっているくせに」

「うるせぇ！　惚れてんだからしょうがねーだろ」

だったら怒るな。と、志水は静かにむくれたが、林田はまだ気力も体力も残っているらしい。羨《うらや》ましい限りだ。

「俺だって自分でも馬鹿だと思ってるんだ。だけどな、ずっと忘れられなかったんだ。何度も何度も後悔したし忘れようとしたんだ。それでもお前がつきまとう！　わかった！　呪《のろ》いか！　お前、一体なんなんだ！」

「…………知らないよ」

疫病神でも悪魔でも、気が済むのならなんでも好きに言ってくれ。

枯れ葉のベッドはひんやりとしていて、冷気が全身を包み込んできて余計に寒かった。このままでは凍死しそうだ。ぅうっと、呻くと、林田ががさがさと音を立てはじめた。

志水の縄はがっちりと巻かれていて、到底外せそうにないが、林田は動けるのだろうか。

暫くして枯れ葉を踏みしめる音がして、気配が近づいた。

「このまま、この服をひん剝《む》いてやろうか。青姦ってのも悪くないな」

「頼むから外してくれ」

「珍しく殊勝なこと言うじゃないか」

下らないこと言ってないで——と、告げなくて正解だったようだ。

些細《ささい》なことでご機嫌な林田に縄を解いてもらい、何時間かぶりに自由になったが、しかし躰は全身悲鳴を上げていてこの場から動きたくない。

ぐったりとしていると、強引に躰を起こされた。

「骨は折れてるか」

「…………わからない」

「痛いところは」

「全身……」

「だったら折れてない」

変な持論で答えを出して無理に歩かせた。

「少し休みたい」

「駄目だ」

一歩歩いただけで、関節という関節が悲鳴を上げていた。

膝から崩れそうになって、咄嗟に林田が支えてくれる。彼だって暴行を受けて同じように落とされたのに、辛くはないのだろうか。しかし聞いたところで答えはわかっている。彼は志水のために献身的になっているだけだ。

「どこまで行くの」

「もうちょっとだ。リリーの言ったことが本当なら雨になるぞ。それまでに移動する」

確かに西河内にいたときより、空気が湿っているようだった。風も出ている。

「遭難するかも」

「まだ雲の隙間《すきま》に星が見える。北極星《ほっきょくせい》くらいならわかるだろ」

「あの街で、星は見えない」

「それでも見るんだよ。こういうのは生き残ろうっていう根性が大事だ」

「根性、ね」

理論だとか、病質だとか、放っておけばべらべらと演説を始める男が、今度は根性なんて言いはじめた。つまり危機的状況だ。

「三年ぶりにお前とあって一発もヤッてないんだ、むざむざ死ねるかって」

「まだそんなこと言ってるの」

「諦めるわけがないだろ」

山だからか、夜は冷え込んでいた。

薄手のカーディガンでは寒さを凌《しの》ぐには足りずに、自然と二人は寄り添うように歩き続けた。足場は最悪だ。枯れ葉に埋もれた地面は柔らかくて進みづらいし、枯れ木がちくちくと刺してくる。崖を転がり落ちたが、靴が脱げなかったのは幸いだった。

月の灯《あか》りは照らしてくれるが、雨雲が時折隠して闇を作った。そうなると、ただでさえ危険な足場が余計に危なくなった。人の気配は当然ない。獣はこちらの気配に警戒して息を潜めているだろうか。

「スマホは？」

口端《こうたん》に付いた枯れ葉を払いながら、志水は言った。

「最初に財布と一緒に取られた。生きてるだけマシだ、なんて思わないからな。俺たちがこんな目に遭う必然性はない」

「あのおばさん、酷《ひど》く怒ってた。僕らが犯人じゃないと頭ではわかっていても、当たらずにはいられなかったんだ」

「理性的じゃなかったのは見ればわかる。それでもリンチして山に捨てる理由にはならないだろ。彼女も被害者だなんて、俺は認めないからな」

「わかってる」

リリーはともかく、少なくとも林田は被害者だろう。

志水の我が儘に振り回されて、気がつけば夜の山中で遭難しかかっているのだ。今が真冬じゃなくてよかったが、安堵《あんど》していたのも束《つか》の間《ま》、額に雨粒が当たると、一粒、また一粒と、枯れ葉に落ちはじめた。

「降ってきたな。しかも大粒だ」

さすがに志水も焦っていた。

一粒が落ちると、あとは済《な》し崩《くず》しのように滴が落ちて、さあぁぁ……と、乾いた地面を雨音が覆っていった。湿気が濃く満ちて、息苦しいほどだ。寒さが一層厳しくなった。

雨は瞬く間に二人の躰を濡《ぬ》らしていったが、碌に足が動かないうえに、雨雲のせいで山は暗い。闇雲に歩いたところで街の灯りが見えてくるわけでもなく、公衆電話も見当たらない。冷えた躰は刻々と体温を奪われていった。

「志水、生きてるか」

暗い森の中で彼の声が静かに響いた。

「生きてるなら返事しろ」

碌に歩けない志水の腕を摑んで、ずっと支えてくれているが、彼もきっと全身痛いはずだ。林田の問いかけに呻き声で返事をすると、何かに躓《つまず》いて蹌踉《よろ》めいた。

バランスを崩して地面に倒れたきり動けない志水を、林田が黙って起こしてくれたが、しかし起き上がる気力がなかった。

「ごめん」

雨に震えながら、志水は言った。

「こうなるのは僕だけで十分だった。あんたを巻き込む理由なんてなかった」

「そんな可愛いこと言うな、ヤりたくなる」

気力なんてないのに、その台詞《せりふ》に志水の口端が軽く持ち上がった。

ほら、立て。と、また強引に起こされて、目的もわからずに歩かされる。今が何時なのか、いつ夜明けがくるのかもわからないのに、林田はまだ歩くつもりなのだろうか。

「さっき、月が覗いたときに小屋が見えた。あと少しだ」

「そういうのはもっと早く言って」

「サプライズも悪くないだろう」

林田が皮肉っぽく冗談を言った。元気だな、と呆れながらも、自分のために明るくしているのかもしれない、となんとなく思った。

それにしてもよく気づいたものだ。黙っていたことには少々ムカついたが、彼の言葉に希望が持てて、残り少ない気力を振り絞った。

林田の言ったとおり、少し歩いたところに小屋はあった。

炭小屋らしい。今は使われていないのか、木戸には南京錠《なんきんじょう》がかけられていたが、林田がまたもやドアを壊して二人は辛《かろ》うじて雨を凌ぐ場所を得た。

電気もなく、食料もないが、横になれるだけマシだ。小屋に入るなり、二人は床に倒れ込んで、ぜいぜいと荒い息を繰り返していた。

「俺は一生、登山なんてしねぇからな」

「……僕も」

「くそ、ヤる体力がまったく残ってねぇ」

「……安心したよ」

全身の痛みも辛いが、それよりも志水は酷く疲れていた。能力を使いすぎて、リバウンドが来ている。一度緊張の糸が切れたせいか、急にぐらぐらしてきて息も荒い。しかも寒い。歯の根が合わず、奥歯がカチカチと音を立てていた。

所詮《しょせん》は掘っ建て小屋だ。壁板の隙間から風と雨が吹き込んで、思った以上に寒さは凌げない。部屋の隅の板やらござやらを壁に立てかけると少しはマシになったが、天井から染み出る滴は防ぎようがなかった。

横たわった躰を起こし壁に凭れると、二人は濡れた躰で抱きしめ合った。

雨音に二人の呼吸音が混ざり合い、白い息が零れ落ちる。林田が濡れた頰を撫でてきたが、指の冷たさに肩が竦んで吐息が乱れた。

「寒いって言ったら、キスするからな」

「言わないよ」

言ったら余計に寒くなりそうで、言いたくてもずっと我慢していたのだ。

今更そんな脅しなど効果はない。それでも寒いことには変わりがなくて、どちらともなく頬を擦ったり、強く密着したりする。

「やっぱりセックスするか？　あったまるぞ」

「その冗談、つまらない」

「本気で言ったんだがな」

「やっぱりつまらない」

「少しは流されろよ」

少しでも流されたら調子に乗るくせに。いくら凍えているからって、悪い冗談だ。

ふん、と鼻を鳴らして志水がつれなく返すと、林田が近くで苦笑したのがわかった。

目が徐々に暗闇に慣れてきたようだ。それに気づくと、彼がこめかみから血を流しているのが見えた。左目の端が黒く塗《ぬ》り潰《つぶ》されて、顎まで何本もの筋が描かれているではないか。

「血が」

口の端や顎まで真っ黒だ。触れると指先がぬるついて林田が痛みに顔を顰めた。

「たいしたことない。貧血もないしな。暗いから大袈裟《おおげさ》に見えるんだ」

「でも……」

林田は大丈夫だと言うが、志水の前で心配をかけるような男じゃないことは、この数日で十分理解しているつもりだ。逡巡《しゅんじゅん》した志水に「平気だ」と尚も念を押して、ジャケットの袖《そで》で血を拭った。

「ほら、もう止まってる。気にするな。お前こそ綺麗な顔が痣《あざ》だらけだ」

それこそ大袈裟だ。林田に比べたら、志水のダメージなどたいしたことはない。

「顔に傷なんて作るんじゃねーぞ。俺のお気に入りだ」

また冷たい指で目尻や口元を撫でられたが、自分のことよりも心配してくれるその手を払えなかった。寧ろ後悔に苛《さいな》まれて、志水は睫毛《まつげ》を伏せる。

唇を噛むと、口の中に血の味が広がっていった。

「僕のせいだ」

「ああ、さっき謝ってくれたな」

「謝ったけど、でも……」

その程度で許されるようなことじゃない。下手をすれば命を落としていたかもしれないのに、林田はまだ自分のことより志水を気遣ってくれる。

「謝り足りないなら、ヤらせろ」

「しない」

「だったら、もう謝るな。お前を意地でも止めなかった俺のミスでもある。同罪だ」

「……そうは思えない」

「思わなくたって、俺がいいと言ったらいいんだよ。後ろめたいんなら、キスくらいさせろ。それでチャラだ」

「しない」

　しつこく謝るのも性分じゃないし、キスも困る。

　やめた——と、投げ出して、志水は彼の肩に額を預けた。寒くてつらい。

「あんたは馬鹿だ。僕もだけど」

「ああ、似たもの同士だ。親和性があるな」

　林田も寒いのか、小さく震えながら抱きしめてきたが、濡れたせいでぬくもりは得られない。でも離れれば余計に体温が奪われてしまうから、今夜はこのままになりそうだ。二人の浅く乱れた吐息が雨夜のなかに煩かった。

「自分を犠牲にしてまで、僕に賭《か》ける価値はあるのか」

「価値の有無なんて、それぞれ個人が決めることだ。だったらなぜ俺を選んだ？　俺に賭ける価値があったから口説いたんだろう」

　覚えてない。でも、多分、そうなのだろう。

「……僕には以前の記憶がない」

「今のお前ならどう思う」

「どうって……」

林田は答えるまで食い下がる気だが、志水にとっては返答に困る質問だ。ふるりと、一度かぶりを振ったが、林田はしつこく返事を待っていた。

「どこかで偶然に出会って、お前はまた俺を選ぶのか？　俺がどんなに煙たがったって、しつこく口説きに来るか？」

「それじゃストーカーだ」

「ああ。そうだ。俺じゃなく、お前がな」

林田が嗤った。

「僕が……？　そんな」

「俺に訴えられても文句は言えなかったぞ」

林田は懐かしそうにしているが、志水は信じがたい事実に絶句している。そんな様子に林田はまた笑って、頬を軽く抓《つね》った。

「お前は一目惚れだと言ったが、俺はそうは思っていない。赤い糸や一目惚れなんてものは迷信だ。大抵の場合は昔好きだった誰かに似ているとか、兄弟に似ているとか、ようは単なる般化《はんか》でしかない。そもそも誰かの代わりに愛されてたまるか。俺は俺だ」

彼の言うとおり、一目惚れではなく彼自身を選んだとするならば、その理由は一体。

林田を選んだ理由――。

「理由……なんて」

やっぱりわからない。以前の自分のことでさえわからないのに、林田を口説いた理由なんて想像もつかない。同性を口説いたことも驚きなのに。

志水は少し考えたが、やっぱり浮かんでくるはずもなく降参してかぶりを振った。

「僕は僕だ。以前の僕とは違う。考え方もきっと違う。だからあんたを選んだ理由なんて、わからない」

思い出そうにも、愛した理由も、口説いた理由も、彼を選んだ理由も、すべて消えてしまうのだ。この会話とて、いずれは消え失《き》せ《う》る。きっと志水の中にあったはずの、彼への想いも消えてしまったのだろう。記憶と一緒に……。

「なあ、俺にも繋がったことはあるのか」

濡れた髪に頬ずりしながら林田が尋ねた。普段なら嫌な顔をしてしまう行為だが、今は少しのぬくもり欲しさに放っておいている。

「俺からも糸が出ているんだろ。繋がったことは？」

「………ある」

隠していたところで嘘《うそ》を見破られるだけだ。志水は正直に答えた。

「いつだ」

「先日も」

「はぁ!?」

「でもそれは偶発的にだ。犯人を捜しているときに声をかけられて、急に戻ってしまったときに、繋がるつもりがないのに繋がってしまった」

「ああ……なるほど、あれか……」

あのときは自分でもコントロールできずパニックを起こしたせいで、翌日まで記憶がなかった。能力を使いすぎて昏倒《こんとう》したのだろう。目が覚めたときはベッドの上だ。

林田も思い当たる節があるらしく、うなじを掻いていた。

「あれっきりか」

「…………いや」

「まだあるのか」

言いづらそうにしながら答えると、林田がぎょっとしたように声を大きくした。

「いつだ」

暗くても、怖い顔をしているのがはっきり見えていた。

記憶を覗き視られるなんて、気分のいいものじゃない。林田が怒るのも無理はない。

「覚えてない」

「何度だ。一度か？　二度か？　それとも、もっとか？」

「わからない。……でも、多分繋がってる」

「多分って曖昧《あいまい》だな。それも記憶にないってことか」

志水が頷くと、林田が思案をしはじめた。

「一度、検査したほうがいいな。傷が原因で一定の期間を覚えられない障害が出ているのかもしれないな……後遺症はないと思っていたが、明らかに脳に深刻なダメージがある」

「そうじゃなくて、能力を使うと……」

「使うと？」

言いづらい。言わなければ怒るし、言えばなんで黙っていたのかと怒るだろう。わかっていても口ごもってしまった志水を、林田が急《せ》かす。

「使うと、なんだ」

「使うと…………忘れていく」

は？　と間近で林田が目を細めた。咄嗟に視線を逸《そ》らして、身構える。

「能力を使うと、記憶が消えるのか？」

志水が渋々と頷くと、案の定林田が怒った。

「お前、それは最初に話すべきことだろう！　知っていたら、絶対に反対してたぞ！」

傷の痛みも寒さも忘れるくらいの大声を出されてしまった。耳を塞《ふさ》ごうとしたが寒くて手が動かせずに、馬鹿か！　と怒鳴られる。

「なくなるのは糸に繫がったときだけだっ。普段は見ているだけで繫がらないし」

「繫がったから俺を忘れたんだろうがッ」

「気づいたのは、ずっと後だった……！」

「気づいたなら、そこでやめるべきだ！　言っただろう！　リスクがあるってッ」

激しく責められて、たまらず林田を突き飛ばしていた。

「なくなっているなんて思わなかったんだ！」

背を向けながら項垂れて、込み上げてくる様々な感情を必死に抑え込んだ。

けれど志水が唇を嚙みしめても、涙が零れてきて、喉の奥から嗚咽《おえつ》が洩れてしまう。

「そうかもって思ったときにはもう、ほとんど覚えていなくて……」

「自分のこともか」

洟《はな》をすすって、一つ頷いた。

「……風呂に入るまで、自分の顔も忘れてた」

「名前は。自分の名前くらい覚えているだろう」

「メモに書いていた。忘れたら困るものは紙に書いたから。毎日見ては、記憶した」

「だったら、俺のことも……」

もう一度頷いて、湿った手で涙を拭った。

「でも俺に繫がったんだろう？　だから俺を覚えていた」

「テレビであんたの顔を見たとき、ぼんやりとだけ記憶があった。テレビで顔を覚えていただけかもしれないけど、なんとなく気になって……………」

「それで俺と繋がった」

「だけど覚えてない。本当に繋がったのかもわからない。携帯の番号だって、メモに書いたきりで誰に繋がるかわからなかったし、警察に伝えたところで誰が来るのかもわからなかった」

「でもお前は警察に言ったんだな」

「その番号しか誰かと繋がる手立てがなくて…………店の番号も知らないし」

「今まで、電話する勇気は」

「そんなのあるわけがないだろッ。誰にも繋がらなかったら、僕を知らなかったらって……だから怖くて…………ずっと言えなかった」

携帯の番号を見ているだけで気持ちは救われた。だけどもし、かけて誰にも繋がらなかったら、本当に志水の過去を知る人がいなくなってしまうような気がして、絶対にできなかったのだ。

「三年もだ」

ぽつりぽつりと打ち明けた志水の背中越しに、林田が溜め息を落としていた。

「お前にとっては、三年の月日さえ記憶にないんだな」

林田の言うとおりだ。いつからあの部屋にいて、いつから一人なのかも覚えていない。なんなんだよ。と、林田が小さく舌打ちして、肩を掴んだ。

「こっち向け」

そう言われたが、志水は彼を見られなくて項垂れたきり動けない。林田が尚も呆れながら無理に顔を上向かせると、肩と肩とが触れ合うよう並んで座った。

林田はジャケットのポケットに手を突っ込み、探っている。間もなくして、ぽっとオレンジの火が点いた。

小さな火が狭い小屋の中を照らして、すぐに消えていく。代わりによれた煙草の先に赤い火が点いて、ふーっと白い煙が広がっていった。

「お前が煙草の臭いが嫌いだから、ずっと我慢してたんだ」

咥え煙草をしながらライターを擦ったが、かちっかちっと乾いた音がして小さな火花が散るだけだった。クソッと文句を言って投げ捨てる。かつん、と何かに当たって、暗がりに消えていった。

「今だって、やめろと言うなら、すぐにやめるぞ」

「別に……吸いたければ吸えばいい」

「じゃあ、そうさせてもらう」

ふー…と、林田が長く煙を吐いていた。

小屋の外では雨音が静かに絶えず聞こえる。

屋根から落ちる雨だれが、ぽつん、ぽつん、と同じリズムを刻んでいる。虫の声も鳥の声も聞こえない。二人きりの山の夜は、冷ややかな沈黙に満ちていた。

「正直、どこから突っ込んでいいのかわからん」

林田はぶっきらぼうに言って髪を掻き上げると、葉っぱや小枝が引っかかって、舌打ちしていた。二人して酷い格好だった。

「能力の話を聞いたときだって妄想症を疑ったのに、実際リリーを見つけちまった。能力を信じれば、今度は記憶を失っていくだって？　お前にはとことん驚かされる。これ以上の秘密は？　あるならさっさと出してくれ。小出しに驚かされるよりは、ずっとマシだ」

「もう全部言った」

「そうか。なら安心だ。俺はこれから目の前の問題をじっくり吟味して、納得いく解決策を出せばいいだけだ。そういうのは得意なほうだ。幸い、時間もたっぷりあるしな」

煙草を床で消して、あっと声を上げた。

「しまった。ライター放り投げちまった」

酷く惜しんだ林田に、志水は密かに苦笑する。吸えばいいと言った手前黙っていたが、あまりいい臭いとは思えなかったのだ。林田は落胆しているが、志水は内心喜んでいた。

「煙草、臭かっただろ」

箱をジャケットの脇《わき》ポケットに入れて、林田があぐらを掻いていた。隣で膝を抱えながら蹲《うずくま》る志水は、うん、と素直に頷いた。

「記憶がなくなったからって、習性や習慣はそう簡単には消えないものだ。記憶喪失でも腹は減るだろ。腹が減ったら何か食べたいと思うだろう。そういうものは忘れない。お前が煙草を嫌うのもそうだ」

「僕を試したのか？」

「単にイライラしただけだ。たまには吸わないとな」

「中毒だ」

「中毒じゃない。依存症だ。だがイライラしたのは離脱症状じゃなく、お前にだからな」

「言い訳っぽいな」

うるせぇ、と、乱暴な口調のあと肩を抱きしめられた。

男の胸に凭れながら、自分自身を抱きしめる。指先が凍りそうなほど冷え切っていた。

「まだ震えてんのか」

「こんなの慣れない」

「お前の家だって、風邪ひきそうなくらいに寒いだろ」

「毛布がある。ベッドだって」

「だから俺が抱きしめてるだろ」

そう言うと、もう一方の腕でも抱きしめてきた。強く抱きしめられながら、そっと彼の胸に手を触れると、濡れたシャツ越しにも体温が伝わってくる。温かい。

「……あんたは寒くないのか」

「寒いさ。風邪をひきそうだ。煙草も吸ったしな、血管が収縮するからもっと冷えるかも。失敗したな」

「禁煙すればいい」

志水の一言に、ふっと林田が笑った。

「前にお前が言ってた。煙草臭いキスは嫌いだけど、煙草を吸う俺は好きだって」

それ、知ってる。——と、一つ瞬きしていた。

同時にシーツの上を滑る白い手が見える。目蓋の裏で再生されていく。

これは林田の記憶だ。

「煙草をやめるか、続けるか、どちらにするんだ、ってさ。俺に選ばせた」

知っている。林田の記憶に一瞬繋がったときに視た、真っ白なシーツの場面だ。にわかに自分と思えないような艶麗《えんれい》な笑みを浮かべながら、悪戯《いたずら》な問いでからかっていた。ベッドの中の密やかな睦言《むつごと》と、浅く上擦る二人の吐息の音が脳内を侵していく。

駄目だ。考えるな。これは自分じゃない。知らなくてもいい記憶だとかぶりを振ったが、こんなときだけ記憶は脳細胞に張り付いていて、消えてくれない。

「志水」

男の腕の中で頭を抱えて蹲ると、耳元で囁《ささや》かれた。咄嗟にビクッと肩が跳ねて背筋が強《こわ》張《ば》ってしまった。

「読んだな」

「今じゃないっ」

「この前か」

そうだ。と小刻みに頷いて、歯を食いしばった。

「偶然繋がっただけだ。視るつもりはなかったんだ」

「だがお前は俺の記憶を視た。俺とお前が何をしていたのか。――あのあと何をしたか」

彼の意味深な言葉が、淫《みだ》らな記憶を揺さ振ってくる。志水は焦った。

「視たくて視たんじゃない。勝手に流れて込んできたからっ」

「だとしても視た」

ご褒美のキスをして、それ以上のことをベッドの中で。

広い背中に腕を回し絡めて、気怠《けだる》い吐息が混ざり合う。

汗ばむ躰が重なりながら、うっそりと濡れた笑みを浮かべて――――。

「僕は知らないッ」

記憶のフォルダを閉じて、志水は叫んだ。

林田の言葉に誘われて、危うく覗き視しそうになってしまった。絶対に視ないと固く心に誓う志水に、尚も悪魔が囁く。

「視ろよ。隅々まで、俺たちが何をしたか、視てみろよ」

「視ない。絶対に視ないッ」

「どうやって楽しんだのか、全部視ればいい」

「嫌だっ、――ぃや……ッ」

彼の手をほどこうとして足掻《あが》いた腕を逆に摑まれて、床に押し倒された。

ガッと、鈍い音がして何かが倒れる。埃と砂の臭い。しかしそんなものを無視して林田が見下ろした。

「キスしたい」

志水を凝視しながら、瞬きもせずに言った。暗くて表情は見えないが、爛々《らんらん》と輝く二つの眼《め》ははっきりと見える。絡みついて放さない視線の糸だ。

「いい加減にさせろ」

「嫌だ」

震える声で、きっぱりと言い放った。負けじと強く見返して睨み合う。

雨音が少しだけ遠のいたような気がした。

「じゃあ、セックスしよう」

「嫌だ」

「だったらフェラしてやる」

「嫌だって！」

「お前は寝転んでいればいい。こんな山奥だ、大声を出したって誰にも聞こえないさ」

「嫌だって言ってるだろッ。放してくれ！」

「嫌だ」

感情を押し殺した低い一言の後、小屋の外で枝が滴を弾《はじ》いた。

ばらばらと屋根を叩く音がして、さあさあ……と静かな雨音が続いている。

全身が冷たかった。痛くて、ぎしぎししている。目尻から伝う涙の滴が傷に染みて、ヒリついていた。

「俺の持っているものすべてをお前にくれてやる。金も地位も名声も、命も全部だ。だから一発ヤらせろ」

「どうしてそんなことしか言えないんだッ。そればっかりじゃないか！」

「ああ。ヤりたいからな。ずっとお預けだって言ってるだろうが。いい加減に諦めろ」

「嫌だってッ。嫌だ……！」

逃げようと藻掻《もが》く志水を上から押さえつけ、シャツの裾《すそ》をたくし上げる。冷気が体温を奪い、ヒッとか細い悲鳴が洩れて、志水は嗚咽を零しながら必死に暴れ続けた。

嫌だ嫌だ嫌だ！　繰り返し叫んで、彼の胸や肩を叩いた。その腕を掴まれて、床に張り付けられる。傷だらけの腕が鈍い痛みを教えてきたが、林田は強く握り締めた。

「お前が俺を選んだんだッ」

林田が叫んだ。

「お前が俺を選んだ。記憶がなくなったって、俺を選ぶのが本能だ。嫌がっている暇があったら、さっさと俺に繋がれ！　自分が何者か理解しろッ」

「っ、……なんで……っ」

この男は、どうしてそこまで志水にこだわるのか。

強烈な想いが恐ろしい。嫌だとかぶりを振って抗《あらが》う志水の腕を強く掴みながら、あれほど止めた能力を使えと訴える。志水は嫌がった。みっともなく涙を零しながら、嫌だと、抵抗した。視てしまったらなにかが変わっていく。そんな予感がして怖かった。

「視ろよ！　俺の記憶を全部視ろ。お前の記憶がなくなったって、俺の中にはお前との記憶が刻まれているんだ。俺がお前の全部を覚えていてやる！　忘れるなら俺の記憶を読めばいい！　何度だって惚れさせてやる！」

林田は嫌がる志水を強く抱きしめた。抗う気力も奪われて、志水はすすり泣いた。

自分への想いの大きさ、恐怖、不安、たとえようもない感情が息苦しくさせて喘ぎ続ける。苦しい。息さえも辛い。

「……記憶を読んだら、僕があんたに惚れるって本気で思ってるのか」

「惚れてんだよ。お前は、俺に」

「嘘だ……嘘だ、だって僕は……」

「嘘じゃない。忘れてるだけだ。だから俺の記憶を視ろ。思い出して、俺をまた選べ」

「選ぶ保証なんてない」

「そのときは俺が全力でお前を堕とす」

「今でも十分酷い」

「本気になってやろうか？」

呟《つぶや》かれた台詞に、ぞくっと背中が震えた。寒さじゃなかった。


——さあ。


「俺と繋がれ」

抗えなかった。林田のどこか甘く強い声に誘われるまま、指先から伸びた糸を彼へと向けた。

胸から伸びたそれに繋げた直後、感情の津波が全身を擦り、そして失われていた大量の記憶が志水の中に濁流となって押し寄せていった。

第五章

それは五年以上も前のこと。

とあるビルの一室は黒色のカーテンが引かれて酷《ひど》く薄暗かった。

室内は碌《ろく》に換気もされていないらしく、ひとたび足を踏み入れると煙草《たばこ》の煙に目が染みるほどだ。果たしてそれが煙草だけならいいが、と林田穂純《はやしだほずみ》は暗い気持ちで思った。

それは夜の十時二十分だから二十五分前のこと。雑居ビルの七階に数名の客が入ったのを確かめた後、西河内《にしかわち》署生活安全課の警官と応援の刑事課刑事の十数名は、かねてより内偵を行ってきた闇《やみ》カジノへの摘発に入った。

その末端に犯罪心理学准教授の林田穂純が混ざっていたのは、偶然だ。

「おもしろいから、見においでよ。後学のためにもさ」

これから犯罪者をとっ捕まえに行くには軽すぎるノリで誘ってきたのは、生活安全課の警官関口《せきぐち》だ。西河内署に通うようになった林田のお目付け役にされたのが関口だが、警官としては正義感も薄く、社会人としても責任のなさが目立つ問題の多い男だった。

スタバでも行くようなノリで呼ばれた林田は今、違法店摘発の現場に立っていた。

摘発の瞬間は何時間もある特番で目にするが、あのとおりの騒々しさと物々しさだ。

室内は薄暗く、簡素なテーブルが数台と高級な酒に煙草。チップの山とカードや、ルーレット台がある。奥には札束の山と、白い粉の袋にハーブらしき小袋がいくつか見えて、ドラマティックと言わんばかりの光景に林田も落ち着かない。

しかし犯罪心理学者に今何ができるかと言えば、警官たちの邪魔をしないことと、捜査の隙《すき》を狙《ねら》って逃げようとする連中を見張っていることくらいで、こんなとき心理職は役立たずだった。

「じゃ、二十二時四十五分。賭博場開帳図利《とばくじょうかいちょうとり》で逮捕するからね。——逮捕、っと」

数人の警官たちに押さえられながら、闇カジノを開いた胴元らしき男が項垂《うなだ》れて唸《うな》っていた。手錠をかけられた途端に、なんだよーちくしょーっと、やけっぱちに騒いではまた押さえられている。床には一面チップやら煙草の吸い殻が散乱していて、その上を駄々をこねた子供みたいに転がっていた。

一方では運の悪い客が一所に集められて、聴取を受けていた。

胴元が騒ぐのが聞こえて客たちが青ざめている。突然「俺は知らずに来たんだっ」と男が叫び出すと、俺も！　俺もだ！　と、次々と声を上げたが、場慣れした警官たちは「またか」という顔をして、はいはい……と流しながら作業を続けていた。

「毎度のことだけどさ。言い訳するなら賭博なんかしなきゃいいのに。往生際《おうじょうぎわ》が悪いよ」

部屋の隅っこでおとなしくしている林田に、サボる気満々の関口が何食わぬ顔で近づいて、客たちに哀れみの目を向けていた。

「人は、なかったことにしようとする防衛本能が働くからな」

中和の技術と呼ばれるものだが、生活安全課の関口はそんな説明よりも一本四、五万のボトルが床に派手にぶちまけられていることのほうが大問題のようだ。

「あーあー」ともったいなさげに拾って、未練がましく匂《にお》いを嗅《か》いでいた。

「これから署で調書取るけど、行く?」

「行くじゃなくて、俺はそっちがメインなんだ」

「闇カジノの摘発に行くけどって言ったら、そっちがついてきたんだろ」

「こんなに大々的とは思わなかったんだ。というか、俺は取り調べだけ見たいと再三言ってるだろうが」

「あー、そうだっけな。忘れてたわ」

関口は林田のお目付け役が面倒で、現場に出て息抜きがしたいだけなのだ。しかし林田が署にいると言えば関口も動けなくなるから、適当なことを言って連れ出したいのだろう。まったく、碌でもない男を押しつけられたものだ。

林田はあくまでも生の取り調べが見たいだけだった。

警察官と被疑者との生の駆け引きから見いだされる犯罪心理を研究調査したいと、キャリア組の古い友人を頼った結果西河内署を紹介されたのだが、研究の手助けというより、林田が巻き込まれるのをおもしろがっているようにしか思えない。

西河内署に通うようになって一週間、事件や内偵のほとんどが風俗店がらみだった。

「これから全員、署に連れていくんだろ？」

「ああ、そろそろだな」

「だったら俺は一足先に行ってる」

大学の講義を終えてから警察署へ直行したせいで、夕食のチャンスを逃していた。途中どこかで調達するつもりで言うと、待った待ったと、関口に止められてしまった。

「あんたから目を離すと俺が課長に叱《しか》られる」

「俺は迷子のガキか。取り調べが始まる前になんか腹に入れておきたいんだ。これから長いだろ」

「あー、そりゃいい。だったら俺も行く。牛丼《ぎゅうどん》が食べたい。キムチのっけるやつ」

「……お前、本当に警官か？」

労働意欲ゼロのくせに摘発に熱心なのは、抑圧された欲求への代理満足だ。関口が警官ではなかったら、軽犯罪者くらいにはなっていたかもしれない。それも高い確率で累犯だろう。

やれやれと林田が呆《あき》れると、視界の隅に白いものがちらりと見えて、帰ろうとしていた足が止まった。内偵調査で部屋の間取りは皆確認済みだ。林田も事前に見せてもらったが、どうやらカーテンの裏に小部屋があるらしい。

店は外からの視界を遮断するのとは別に、漆黒のカーテンを仕切りに使っていた。

七階の三つある部屋すべてが闇カジノとして使用されていたらしく、ホールは広い。

その一つを見逃しても不思議ではないが、ただの見学人である林田が見つけてしまうなんて少々焦った。しかしこんなときに限って関口は上司に呼ばれて調書の手伝いをしている。他の誰かを呼ぼうとしたが、それよりも隙間に目が行ってしまい自然と小部屋を覗《のぞ》き込《こ》む形になっていた。

「ああ、丁度いいところにきた。ねえ、水をもらえないかな」

中には青年が一人、ソファに横たわっていた。

林田に気づくと、片手を挙げて呼び止めた彼は、青年らしからぬ色気を纏《まと》い、ぐったりとしている。その姿に林田は場違いな空気を感じ取った。

「ここの空気、最悪だろう。換気してくれないのかな。息をするごとに吐き気がする」

口を押さえる手がすこぶる細くて白かった。林田と同じ性を持っていることが不思議なくらいの白さと透明感だ。ブラウンの髪も細くてふわふわとしているし、それに加えて白いニットセーターが余計に神聖に見せて、この猥雑《わいざつ》な空間の中でとにかく異彩を放っている。

何者だ――？　と眉《まゆ》を顰《ひそ》めた林田を、青年は怪訝《けげん》そうに見上げた。

「私の声が聞こえているかい？」

「あ――ああ」

「よかった。ああ……喋《しゃべ》ったら、また少し気持ちが悪くなってきた。それにしても、みんななぜこんな酷い空気の中にいられるんだろう……はあ……」

胸を撫《な》でながら再びソファに沈んだ青年に、林田ははっと我に返った。

水。水。水。酒はしこたま見たが、水なんてあるのか。小部屋から飛び出すと、怪しげな店内はまだ騒がしい。捜査官を掻《か》き分《わ》けながら探すこと数分。未開封のを一本見つけて戻ると、大きな瞳《ひとみ》が印象的な美貌《びぼう》に大きな笑顔を浮かべて、半身を起こした。

「ありがとう。優しいね」

言われて林田は、はっとした。なぜこの青年の言いなりになっているのか。

戸惑いに視線を向ければ、艶《つや》っぽい仕草に目を奪われてしまい、視線に気づいた青年が不思議そうに小首を傾《かし》げてみせた。

見上げた視線が官能的だ。一体何者なのだろうか。

「……なに？」

首を傾げた青年の唇が水で濡《ぬ》れているのを見つめながら、林田はこくっと息を呑《の》んだ。

「あんた、ここで、なにを……」

「ああ、私は馬を見に来たんだ」

林田をじっと見つめながら、青年が今度はやけに可憐《かれん》に微笑《ほほえ》んだ。青年のくせに、可憐だなんて——一瞬でも思った自分に、林田は少なからず驚いていた。

しかし妙なことを言う。馬なんて、競馬場や牧場でもあるまいし。

「ここはカジノだ。違法賭博の」

「ああ、知ってる。だけど生憎《あいにく》財布を持っていないいんだ。貸してくれる？」

「……じゃなくて。馬はいないし、ここは闇カジノだ。だから、えっと……」

何を説明したいのかわからなくなってきて、林田は珍しく言葉に詰まっていた。

とにかく、ここにいるということは賭博罪に問われる可能性があるわけで、罪を犯しているという認識はあるのかが問題だ。それに馬とは何だ、馬とは。

「こんなところにもまだ部屋があった！　あれ！　先生、こんなところに！　アッ！　まだいた！」

関口が来て急に賑《にぎ》やかになったと同時に、林田は密《ひそ》かに安堵《あんど》した。

「ほら、立て！　隠れても無駄だ。先生、お客を見つけたんなら報告してよ。はいはい、暢気《のんき》に寝てないで立って、立って！」

ほら！　と関口は青年を急《せ》かして無理に立たせると、客を集めた部屋へ連れていった。どの部屋も煙が立ち込めているから気分が悪そうだった。さぞかし息苦しいだろう。なぜか妙に心配になって林田も後を追うと、客たちの中にはまだ現実を受け入れられずに騒

いでいる連中がいる。

「俺は何も知らなかったんだ！　だまされて来ただけだ……！」

事情聴取を受けていた男が発狂したように叫び、女性警官を突き飛ばした。

途端に二、三人の客まで一緒になって走りだして、現場はまた騒ぎになった。

捕まえろ！　と誰かが叫び、数人の警官が突進する。林田も反射的に止めにかかったが、足下が滑った拍子に逆にタックルされていた。

「どあっ……！　い、ってぇ……！」

したたかに背中を打ち付けて、散乱したチップの上で林田は苦痛に身悶《みもだ》えた。タックルしてきた男も林田とぶつかった拍子に弾《はじ》かれて、尻餅《しりもち》をついている。そのおかげで警官たちにすぐさま押さえられたが、逃げた男も林田も実に間抜けな格好だ。

頭を打っていないのが幸いだった。これから長い取り調べがあるというのに、脳震盪《のうしんとう》なんて起こしていられない。腰をさすりながら起き上がると、そこに差し伸べられた手があった。あの青年の細くて白い手だ。

騒ぎのどさくさに紛れて逃げようとしたのか、それにしても堂々とした姿だ。青年は、戸惑い眉を顰める林田の手を半ば無理矢理摑《つか》んで立ち上がらせた。

「体格は君のほうが勝っているのに防ぎ切れないだなんて、みっともないね」

くすっと笑いながら青年は馬鹿《ばか》にしたように言った。はっとなって、苦虫を嚙《か》みつぶす。

「……悪かったな」

立ち上がると、シャツについたチップがパラパラと音を立てて床に落ちていた。

「綺麗《きれい》な栗毛《くりげ》なのに駄目な馬だね。期待していたのに、外れかな。駄馬とは残念だ」

「だ………」

だば？

このときになって林田は漸《ようや》く「馬」の意味を知って絶句していた。

生まれつき容姿はいいほうだと思っていたが、まさか馬にたとえられる日が来ようとは。

呆気《あっけ》にとられる林田を青年は鼻で嗤《わら》っていた。品のある青年の、一瞬の侮蔑《ぶべつ》の表情が林田のプライドを傷つけたが、それでも尚《なお》、彼は見惚《みと》れてしまうほどに魅力的だった。

闇カジノ摘発の翌日、林田は朝から西河内署にいた。

本格的な取り調べが始まると同時に、あの謎《なぞ》めいた青年のことが気になっていたのだ。

しかし林田が署に行くと青年の姿は既になく、関口を問い詰めても曖昧《あいまい》な返事しかもらえなかった。聞いてもいないことをベラベラと喋る関口さえ口を濁すということは、つまり警察が関わりたくない人物なのだろう。

新宿や渋谷ならまだしも、西河内なんてローカルな場所にいたことが納得できず、キャリア組の友人に電話すると、既に話が伝わっていたのか『ああ…』と暗い返事が届いた。

『シスイという名を知っているか？　日本屈指のグループ企業の創始者一族だが、研究職のお前には興味ないことかもな』

そんな気のない前置きを述べて、友人は言える限りのことを話してくれた。

友人の指摘どおり、研究以外に興味のない林田が聞いたところによると、昨日闇カジノにいた青年は志水一之《しすいかずゆき》といい、日本屈指の大企業のＶＩＰファミリーの一人だそうだ。

しかし一之自身は公に出たことがなく、そもそも生存しているのかさえ不明だったらしい。そんな青年がある日突然、西河内の闇カジノ店に現れて、警察庁内でも話題になったらしい。

なぜ一夜で放免になったかと言えば、金銭を持たずにいたことで賭博罪が適用されなかっただけらしい。ＶＩＰだけに無罪放免かと思えばそうではないようだが、仮に賭博罪が適用されたとしても、要人の一人ならば対応はわからない。

『お前、志水一之と何か話したか？』

「水くれって。あとは部屋の空気が悪いって、それから………」

――綺麗な栗毛なのに駄目な馬だね。

『駄馬？』と、友人が笑っていた。

馬にたとえられて嬉《うれ》しいわけがないのに、駄馬だ。駄目な馬だ。若くして准教授までいった林田が、駄目な馬扱いされてしまったのに友人は携帯越しに大笑いしていた。

『幻の一之様に馬呼ばわりされたんだ。名誉なことだ。犬って顔でもないしな』

自分で言って、またウケている。友人は笑いのセンスがなく、林田より嫌味が巧《うま》かった。

通話を切っても、林田は微妙に満足していなかった。

昨日の謎が解けたというのに、この腑《ふ》に落ちない感情は何だろうか。結局その日は西河内署での取り調べに加わることもなく、久しぶりに早めの帰宅をした。

一人暮らしが長いせいか、ある程度の料理はできるつもりの林田だが、今夜はそんな気にもなれずに総菜を適当に買い込んで帰った。

部屋に入るなり家中の灯《あか》りが点《つ》いている。テレビらしき音まで聞こえて、靴を脱ぎ散らかしながら中に入ると、またソファに見覚えのある顔が横たわっていた。

「やあ、おかえり。お疲れ様」

「し、……志水一之……！」

「おや。自己紹介する手間が省けたね」

盛大に驚きながら指さす林田に、志水一之は昨日と同じく華やかな笑顔だった。

なぜここにいるのか、どうして来たのか、聞きたいことはあるが、しかしその優しげで柔らかい美貌を目にすると問いかけも文句も喉《のど》に詰まったきり出てこなかった。――だがしかし、あの件は別格だ。

林田はじわじわと眉間《みけん》を狭めながら、開口一番こう問いかけた。

「まず、聞きたい。なんで俺が馬扱いなんだ⁉」

「さあ、なんとなく？」

俯《うつぶ》せで頬杖《ほおづえ》をつきながら、ふふっと志水一之が笑った。

昨日も神秘的だと思ったが今日もそれは変わらなかった。

いや、それ以上かもしれない。いつもどおりの部屋の灯りなのに、彼の周りだけ白く光って見えるのは林田の目が疲れているからだろうか。

まるで自分の家か友人宅で寛《くつろ》いでいる様子だが、実際は不法侵入だ。立派な犯罪だ。

「な、何しにきた。というか、どうやって部屋に入った。鍵《かぎ》は⁉」

「とても親切な管理人さんだった。私が入れずに困っていたところを助けてくれたんだ」

「はあ⁉」

ちょっと意味がわからない。入れなくて困っていたまではいいとして、なぜ管理人が開けるんだ。あとで苦情を入れようと決めて、改めてこの謎の青年と対峙《たいじ》した。

「とても親切な管理人を丸め込んで俺の家に入ったのも大問題だが、何しに来た。俺に何の用だ。というか、昨日のはなんだ。もしかして俺に用があったわけじゃないよな？」

「どう思う？」

　成人男性にしては大きな瞳が印象的で、じっと見つめられると吸い込まれそうだ。一瞬魅入られてしまったことに気づいて我に返ると、林田は誤魔化《ごまか》すように咳払《せきばら》いしていた。

「どう思うって。こっちが聞きたいんだ。いや、聞いてるんだ」

「意外とヒステリックなんだね。プライドが高いから、悠然と構えているタイプかと思ったのに」

「俺に対する分析はいい。ヒステリックになっているのは、あんたが理解できないからだ。質問に答えろ。俺に何の用だ」

「わからないかな。これでも口説いているんだけどな」

「は？　口説いてる……？」

　ああ。と、志水は特に恥ずかしがることもなければ、話題の一つとばかりに平然とした様子で頷《うなず》いていた。勿論《もちろん》林田は彼の言葉をストレートに理解できずに絶句した。

　口説くという言葉の意味を明晰《めいせき》な頭脳で素早く処理してみたものの、昨日の駄馬発言が遠回しのアプローチとは思えないし、口説かれる理由もまったく不明だ。

「なんで!?　俺たち、どこかで会っているか？　悪いが俺には記憶にない！」

「昨日が初対面に決まっているだろう。私はほとんど屋敷《やしき》から出ないし、テレビも雑誌も見ない。携帯電話も持っていないしね。そろそろ持ちたいんだけど、かける相手もいないんだ」

「じゃ、じゃあ余計にわからない。不法侵入して俺を口説きに来ただって？　どうしてだ！　いや、わかったぞ、エグゼクティブ・ストーカーだな」

「なんだい、それ」

「教授とか弁護士とか、地位のある相手を選んでストーキングする連中のことだ。准教授とはいえ多いんだよ。そういう勘違いした奴《やつ》が」

「へえ。人気があるんだね。でもわからなくもない。君はとても魅力的だから」

「――……駄馬って言ったくせにか？」

「ふふっ、記憶力もいいねぇ」

「根に持つタイプでね」

「そういうところも好みだな」

「――……そりゃ、どうも」

自分の容姿や頭脳の優秀さは自分が一番よく知っているが、こうも直球で言われてしまうと面食らう。不法侵入者に褒められるという奇妙な状況のなかで、林田の警戒心が麻痺《まひ》してきたようだ。

志水のこの堂々とした態度と見惚れるほどの容姿に、毒気を抜かれてしまったのかもしれない。

「……本気で口説きに来たのか……？」

「ああ、勿論だ。私はこれでも見る目があるんだ。それに面食いだし」

片やストーカーはソファで寝そべり、片や家主はスーパーの袋を片手に棒立ちという奇妙な状況で会話が続いていたが、家主は困惑しているのにストーカーは特に気にする様子もない。

「褒められるのは嬉しいが、生憎俺はストレートだ。過去にも一度だってそんな経験はないし、これからも予定はない」

志水一之という男が、他の同性に比べて香り立つような色気を持っていることも承知しているが、いくら魅力的でも男だ。しかも面倒臭い相手ときている。

遠くで眺めているだけなら研究者としての欲求は湧《わ》くが、こんな形で関わりを持ったらとんでもないことになりそうな予感がする。しかし彼が本当にストーカーなら、一度の断りくらいで簡単には引いてくれないだろう。

警察沙汰《ざた》にはしたくないし、したところで彼の立場上有耶無耶《うやむや》にされることは確実だ。穏便に出ていってもらうためには、長い時間の説得を覚悟した。

「男に口説かれても嬉しくない」

「ああ、わかるよ。私もどちらかと言えば女性が好きかな。全体的に柔らかくて触り心地がいい」

「だったら触り心地のいいほうに行ってくれ」

やれやれ、疲れる。はじめから答えは出ているじゃないか。

「触り心地重視のときはね。今は君と仲よくしたいんだ」

「そんな一時の気まぐれに振り回されている暇はないんでね。今日のところは通報しないから、おとなしく帰ってくれ。なんならタクシーも呼ぼうか？」

「泊まっていくと言ってしまったから、お気遣いなく」

泊まる？　どこに？　うちにか？

あぁ、まずい。これは話が通じないタイプだ。林田は頭を抱えたくなった。だが志水はまったく気にしていない。

「ねえ、いつまで立っているつもり？　君の家なんだから、寛いだら」

「ッ！　あのなぁ……！」

呆れていた。とりあえず長期戦になるな、と溜《た》め息《いき》を零《こぼ》す。

「言われなくても」

調子が狂わされる。ひとまず買い物袋ごと冷蔵庫に突っ込んで、缶ビールを出した。

「私は水がいいな」

「客として招いた覚えはないぞ」

「押しかけたという認識は十分持っているよ」

「そう思うなら帰れ」

「私が一人いたくらいで、部屋が狭くなるわけでもないだろう」

「ソファに座りたいんだ。ちなみにそこは俺の定位置だ」

今、志水が座っているソファを指さした。

「では私は？」

「帰ればいい。あんた、大層な一族なんだってな。そんな安物よりずっと寝心地のいいソファがあるだろ。気まぐれの暇潰《ひまつぶ》しで巻き込まれるのは迷惑なんだが。あ、いま俺が文句を言っているの、伝わってるよな？」

勿論、と答える彼は笑顔を崩さない。神経が図太いのかもしくは鈍いのか。ソファから動く気もないらしい。仕方なく肘掛《ひじか》けに腰を下ろすと、好奇心に満ちた瞳が見上げてきた。

「私の素性を調べたんだね」

「あんなこと言われたらな」

「あんなこと？　さて、何か言ったかな？」

「駄馬だ！　出来が悪くて悪かったな。しかも馬か」

「だって仕方ないじゃないか。あれは随分格好の悪い姿だったからつい、ね」

「つい、で駄馬扱いされたわけか」

自分でも腹が立つほどに駄馬を引きずっているようだ。ビールに口を付けると、

「水ぅ」と唇を尖《とが》らせながら拗《す》ねていた。俯せ寝しながら足をばたつかせる格好が猫みた

いだ。

ああ、駄目だ。不法侵入のストーカーなのに、一瞬妙に可愛《かわい》く思えてしまった。ねえ。とおねだりされて、やけくそ気味に冷蔵庫から水のボトルを取りだして押しつけた。すると「開けて?」とまたおねだりされ、なぜか抗《あらが》えず渋々言うとおりにしていた。

「ありがとう」

この笑顔も計算されたものに違いないのだが、そうとわかっているのに疼《うず》くものがある。

「私のことをストーカーと言いながら、君は接待してくれるんだね」

「ヤバい奴を刺激しないための防衛策だ」

きっぱりと言って、ビールを呷《あお》った。

「飲んだら帰れよ。タクシー代もやるから」

「冷たいなぁ」

「十分すぎるくらいの好待遇だ。本来なら真っ先に一一〇番しているところだぞ? それをしないで水やらタクシー代やら、ソファまで貸してるんだ。寧《むし》ろ感謝されたいくらいだね。見境なく口説いてるんなら、これからは人を選ぶんだな」

「選んだから、君のところへ来ているんだと思わないの?」

無邪気な問いに、ビールを飲む手が止まった。

意味深にじっと見上げる視線を横目に見ながら、気がつくと思考が停止している。林田は顔を逸《そ》らしていた。

「いま考えるのをやめたね」

「うるせえ。笑うな。頼むから、他の誰かにしてくれ」

「君がいいんだ。仕方ないだろう、気に入ってしまったんだから」

「それがヤバいって言ってるんだ。昨日が初対面で、気に入ったからって、まっとうな思考なら普通は押しかけてこないんだ」

「煙草の煙が悪かったのかな。昨日は躰《からだ》を洗っても臭いが取れなくて大変だった」

「だからそういう話じゃなくて…………なんなんだ、あんたは…………」

巧い具合に躱《かわ》されて弄《もてあそ》ばれているようだ。イライラしっぱなしなのに最後の最後で突っぱねられないなんて、一体自分はどうしてしまったのだろう。

「……俺で遊んで楽しいか」

「君との会話は楽しいよ。もっと難しい話をしてくるものだと思っていたけど、意外と普通だね」

「別にそんな話題じゃないだろう。あんたのこともよく知らないのに」

「名前を知っていた。素性も、誰に聞いた？」

「友人に警察官がいるんだ。直接電話した」

そう。と彼は睫毛《まつげ》を伏せていた。

「友人はなんて?」

「都市伝説みたいに言ってたな。生死も不明だって。しかしなんだって今更、世間に?警察のご厄介になるようなことをしてまで」

「私は不良になると決めたんだよ。だから手始めに君を口説きに来た」

「だから、なんで俺がそこに入ってくるかな」

「だって君、もう私に惚《ほ》れているだろう?」

「…………」

ああ、そうきたか。

軽い目眩《めまい》を覚えて、林田はかぶりを振っていた。

馴《な》れ馴《な》れしい態度や口調、それに恋愛関係にあるという妄想は、ストーカーのなかでも親密希求型だ。林田の言葉を歪曲《わいきょく》して受け止めて、都合のいいように解釈してしまう厄介なタイプである。統合失調症の可能性もあった。

「ああ、いま難しいことを思ったね。私の一連の行動と発言を何かの病気に当《あ》て嵌《は》めている顔だ。答えは出た?」

「ある程度は」

「そしてどうやって私を追い返そうか、穏便に済ませようか、ずっと考えている」

「わかっているなら協力してくれ。困っているんだ」

「私のことは結論が出たとして、君自身のことは？」

「俺が惚れているって話か。あるわけないだろ。さっきも言ったが、俺はストレートだ」

「それは私もだよ。だけど、君は既に私に興味を持っていると思うよ？」

「研究対象としてはな」

「だったら試してみよう。私に対する感情が恋愛か、それとも研究対象か」

そう言って、志水一之は漸くソファから立ち上がった。すらりとした痩身《そうしん》の青年だ。

「これから私はベッドルームへ行く」

「はあ？」

危うく缶を落としそうになって、慌てて摑んだ。

「ベッドを借りるよ。そうだな……ベルトくらいは外して待っているから、君のそれが恋愛感情なら来ればいい。研究対象なら悪いが今晩はソファで寝てくれ。タイムリミットは……明日の朝。いや、日付が変わるまでにしよう」

正気か？　と聞こうにも呆気にとられ、志水がベッドルームへ消えていくのを呆然《ぼうぜん》と見送っていた。途中缶ビールを床に落としてしまいティッシュで拭《ふ》いたが、ふと手が止まってしまう。床でぐちゃぐちゃになったティッシュを見つめて、この状況を理解しようと懸命に考えたが、駄目だ。何も浮かんでこない。

来ないなら今晩はソファで寝てくれ？

この部屋の主人は誰だ？

ああ、違う。考えるべきところはそこじゃない。

唯一わかっているのは志水一之は今、寝室にいて、ベッドの中で林田を待っているということだ。恋愛感情があるならベッドへ、なかったら日付が変わる時刻までスルーすればいい。穏便に済ませるには主《あるじ》である林田のベッドを志水に明け渡し、ソファで日付が変わるまで過ごせばいい。

時計は、午前零時まで随分と時間があった。

時刻はまだ八時になったばかりだ。あと四時間、彼はベッドルームで林田を待つらしいが、相手は我《わ》が儘《まま》し放題のぼんぼんに見えるし、少し外見が目を惹《ひ》くからって、どうせそのうち飽きてくるだろう。

さすがにこれは流されるわけにはいかない。当然放っておくことを決意して、冷蔵庫に放り込んだばかりの総菜を温めた。二本目の缶ビールを片手に適当な夕食を取りながら、読みかけの資料を目に通す。

普段テレビは消しているが、今夜は点けっぱなしにしておいた。たいして広くもない家だ。寝室の気配を消すにはテレビが丁度いい。

時刻は九時になっていた。明日の準備をして、風呂《ふろ》に入ると十時を越えている。

あと二時間。ソファで寝転びながら壁の時計を眺めていると、次第にじっとしていられなくなってきた。

寝室が静かすぎるのだ。寝たのか？

志水のことを考えているうちにそわそわとしてきて、林田は起き上がっていた。テレビのチャンネルを闇雲に替えまくったが結局観《み》たいものもなくて消すと、部屋はまた静寂に包まれた。

隣の部屋にいる志水は今何をしているのだろう。本当に寝てしまったかもしれない。だったらそのほうがいい。林田もとっとと寝てしまえば、彼の遊びも終わりだ。

再び寝転んで天井を眺めた。アイボリーの迷路ような模様のクロスをじっと見つめて、刻が過ぎていくのをじっと待つ。早く十二時になれ。なってしまえ、なってくれ。ここで妙な気を起こしたら、志水一之はまた勘違いを起こすはずだ。絶対に期待させてはいけない。

林田は奥歯を嚙みしめながら、髪を掻き上げた。イライラしている。そわつくし、違うことを考えようとしても何も浮かばない。

じっと時計を見ていた。十一時十一分。十秒、十一秒、十二秒……頭の中で呟《つぶや》き続《つづ》けて、最後には舌打ち一つで立ち上がっていた。

駄目だ、行くな。絶対に行くな。——いや……。自分でもどうかしているとわかっているのだが、どうしてもじっとしていられない。あと四十分の辛抱なのに、なぜ我慢できないのか。

渋面を浮かべながら寝室のドアを開けると、サイドテーブルのライトが一つ灯《とも》ってい た。

微《かす》かに衣擦《きぬず》れの音を立てて顔を起こした志水が、気怠《けだる》げに重たく瞬《まばた》きしながら林田を見た。目が合うなり大きな瞳が艶《あで》やかに揺らめいて輝く。

嬉しい――と、はっきりわかるような笑顔に見惚れてしまい、咄嗟《とっさ》に悔しさが募ったが、しかしドアを開けたのは林田だ。

喉から出かかった文句をぐっと呑み込んで、神妙な顔でベッドに腰掛けていた。

「やっぱり恋愛感情だったね」

志水が楽しげに言った。

「………………」

反論できず林田はぐっと奥歯を噛んだ。プライドにびしっとヒビが入った気がした。

「あれ？　君なら饒舌《じょうぜつ》に話すのかなって期待してたのに」

「来た時点で答えは出てるだろう」

認めるしかない。林田は志水のなにかに惹かれ、抗えず、寝室のドアを開けたのだ。

そうだね。と、彼は囁《ささや》くと、頬にキスをしてきた。吐息が顎《あご》を撫で、柔らかな唇がなぞって、林田は小さく驚きながら間近で彼を見た。

「だから俺は」

「私もだよ、——穂純」

林田の言葉を遮って志水の細い腕が肩に回ってきた。軽く引き寄せられた拍子に林田の上半身が前に倒れて、咄嗟に彼の肩の上で手をついた。

「ちょっと待て。俺は名乗った覚えは」

「警察も管理人さんも、みんな親切なんだ」

「あいつら……」

プライバシーがダダ漏れだ。舌打ちした林田を、志水は密やかな笑みを零しながら尚も引き寄せる、組み敷くような体勢になると、近くで見つめ合った。

「文句は後で気が済むまで言えばいい。今はもっと有意義なことをしよう」

「有意義って……端的に言えば、男相手にできるかってことだろ」

「ああ、試してみよう。君とならできると思うよ。私が保証する」

「よくわからない相手に保証されてもな……」

林田は苦笑したが、強がりを言うわりには、間近にある瞳から視線が逸らせないのも事実で、ただ見つめているだけなのに吐息が少し浅くなっている。志水も林田をじっと見上げながら、指の先で頬から顎のラインをなぞってきた。

くすぐったさに目を細めた林田に志水は微笑んで、鼻筋を撫でた。目蓋《まぶた》に触れ、睫毛をなぞり、頬骨から再び顎のラインに触れていく様子に、林田のなけなしの余裕がさらに削《そ》がれていく。

この男はなんだ。強烈に惹きつけられて動けない。そんな林田に志水はうっすらと微笑んで、そして囁いた。

「まずはキスをしよう。頬ではなく、唇に」

吐息まじりに誘われ、二人の唇はゆっくりと重なっていった。

薄い唇なのに、志水のそれは思った以上に柔らかくて、しかも熱く馴染《なじ》んで吸い付いた。嫌悪感を覚える前に、うなじがぞくりと快感に痺《しび》れて、いい意味で驚いてしまった。そんな林田の後ろ髪を掻《か》き毟《むし》るように撫でる手が愛《いと》おしい。

志水がなぜ自分を選び、突拍子もないことを仕掛けてきたのかわからないが、問い詰めるよりも甘美な熱に酔わされたくて、気づいたときには、性を覚えたばかりのガキみたいに彼の唇を貪《むさぼ》っていた。互いの口腔《こうこう》で吐息が混ざり合うと、蕩《とろ》けるような心地がする。

「ん……ん、ん……ふ、ん……」

唇と唇を擦《こす》り合《あ》うような余裕のないくちづけが繰り返されていくうちに、志水がもどかしげに喘《あえ》ぎはじめた。

腕の中で志水の躰が熱を帯びていくのに気がつくと、興奮が背筋を這《は》い上《あ》がってくる。

肉欲に追い立てられるように舌が触れ合い、じゃれあい、ぴちゃ、と滑《ぬめ》った音が立つ。

さっきまでストレートだとかなんだとか言っていたくせに、キスをした途端に無我夢中になっていた。口の周りが唾液《だえき》で濡れそぼるのも構わず、彼の舌に貪り付いて根元まで舐《な》めまくる。キスが甘くて酔いそうだ。

「ンぁっ」

舌裏をなぞった途端に上擦った声がして、志水の肩が跳ねていた。一瞬唇が離れ、驚きに見開かれた瞳と目が合うと、熱に火照った目尻の赤色に惹きつけられていた。

「なんなんだよ……お前、」

エロい。男のくせにとか、そんなものはもはやどうでもよかった。

ただ志水一之を間近で見つめていると、林田の中で火が灯った。たちまち燃え広がった肉欲の炎は、理性を焼き尽くしていく。完敗だ。この青年の虜《とりこ》になっている。

なぜだ。クソッ！　そんな悪態を零して、また濡れた唇に貪りついた。

ん…と、鼻にかかった声を零して、志水も舌を絡めてきた。たどたどしくぎこちない動きが愛らしくて、もっともっと大胆にさせたい衝動に駆られる。

「は……はぁ……っ、……穂純……っ、……はぁ……」

熱い。薄くて滑らかな舌を甘噛みしまくり、唇や顎に吸い付くと、志水が切なげに喘いで、わなないた。

薄っぺらな胸が軽く仰《の》け反《ぞ》り、シャツの上からでも胸の突起が小さく勃起《ぼっき》しているのがルームライトの淡い光にもわかった。その二粒を布越しに指先で転がしてやると、志水が焦ったように腰をもじつかせる。浅く乱れた吐息が静かな部屋に煩《うるさ》く聞こえるほどだ。志水だけじゃなく、林田も同じだった。

「そ、そんなところ……ん…ふぅ……ん、ん……っ」

こりこりと指の先で掻くたびに甘い声が洩《も》れて、時折踵《かかと》がシーツを蹴《け》っていた。目元を赤らめながら眉を顰める表情がたまらない。シャツの裾《すそ》から手を入れて、固く尖った乳首を尚もくすぐると、志水は首筋を仰け反らせた。細い首筋に浮き出た筋が危うげで、美しい。たまらずそこに顔を埋《うず》めると、上品なトワレに混ざった汗の匂いがして、彼の秘密を一つ暴いたような喜びを覚えた。

繰り返し繰り返し首筋にキスしながら、シャツを胸の上までたくし上げると、白い肌に二つの突起が赤く色づいていた。左右から手の中で大きく揉《も》みしだくと、動きに合わせて細い躰が揺れている。

穂純、と不安げな声を零して二の腕にしがみついてきた。自分から誘っておいて、戸惑っているなんておかしな話だ。

「お前、自分から誘っておいてこの程度で終わると思ってるのか？」

「思ってないよ……ただ、私が思っていた以上に快感が強くて……君はテクニシャンなのかい？」

そう言って、浅い呼吸の途中で舌が唇をぺろりと舐めていた。気怠く開いた唇から覗く白い歯と赤い舌が熟した果実のように見えて、またキスが欲しくなる。

そっちこそ、男をその気にさせるのが巧い。この程度の愛撫《あいぶ》で褒められて悪い気はしなかった。

上と下の唇を交互に甘噛みして、唾液でぐしゃぐしゃにしてやった。口腔はもっと濡れまくり、舌と舌とを擦るだけで、唾液がくちゃ…と生々しい水音を立てて水の中で溺《おぼ》れているみたいだ。

一方で乳首を抓《つね》り、転がして、ひっかいて、白い肌が火照るほど揉みしだくと、志水は戸惑いを投げ捨てて、快感に打ち震えた。

「はっ……あっ、んんぅ……ん、……ん」

少し掠《かす》れて上擦る、いい声だった。感じる声が洩れるのが恥ずかしいのか、時折唇を噛んでみたり、手で押さえているが努力したところで苦しいだけなのに。それでも、きゅっと唇を噛んでしまう彼に悪戯心《いたずらごころ》が刺激され、臍《へそ》の周りを指先でくすぐってやった。

「ひゃ、ん…っ」

いきなり弾んだ声が転び出て、志水が真っ赤な顔をしながら怒った。二の腕をまた叩《たた》かれて、林田はくっくっ…と笑いで肩が震えてしまう。大胆かと思えば純情な素振りをする。反応がおもしろい。

「怒るなって。いい声だったぞ」

「からかっているから怒るんだ」

「そういうのも楽しめよ。誘ってきたのはそっちなんだからさ」

ほらほら、と宥《なだ》めるためのキスを頬に散らして、手は腰の細さをたっぷりと味わう。痩《や》せすぎだが、線の細さに色気を感じて興奮する。予告どおりボトムスのベルトは外されていた。キスの愛撫の間に前のボタンに触れながら、林田は囁いた。

「ここ、脱がすけど怒るなよ？」

志水は、うん、と小さく返事をした。

「脱がすだけじゃなく、めちゃくちゃ触るぞ。——いいか？」

「わ、かってる……私がそれを望んだんだから……穂純の、好きに……」

羞恥《しゅうち》に声が震えて、こくりと喉が鳴っていた。

＊

初めての夜を過ごしてからというもの、坂を転がり落ちる石のごとく二人は行為に溺れていった。

日を空けず顔を合わせても、言葉よりも先に快感を分かち合い、ほとんどをベッドの上で過ごした。そのうち徐々にエスカレートしていき、時には大学で、または場末のラブホテルや車の中でも愛し合い、お互いの前では裸でいることが自然に感じられるほどだった。同時に繋《つな》がりあっていることが必然だった。

交際が始まって五ヵ月ほど経《た》っても、数え切れない夜を共に過ごしていた。

とある日も、数分前に気をやって、汗に濡れて疲れた躰を抱き合いながら癒《い》やしていたが、いつも長く微睡《まどろ》むはずの志水が先に腕の中から身を起こした。

「もう帰らないと」

「まだ早いだろ。泊まっていけよ」

「そうしたいけど駄目なんだ」

サイドテーブルの飲みかけのワイングラスを空にして、志水が床に落ちた服を拾い着はじめた。

今まで碌に会話もせず肉欲を貪っていたのに、つれない態度が林田はおもしろくない。

着るなって、と腰を抱き、うなじに顔を埋めながらリップ音を繰り返す。まだ滑り気が残る下芯《かしん》を根元から先へと緩やかに扱《しご》くと、志水はすぐに吐息を乱した。

「駄目……こ、今夜は駄目なんだ……本当に……、また連絡するから」

「いい加減に携帯を持て。俺が買ってやるから」

のようだ。


「駄目なんだ」

「駄目って」

駄目、駄目、駄目、駄目。どれもこれも駄目ばっかりだ。しかもその理由の説明もない。

林田が呆れると、ごめん…と、眉尻を落として、志水は頬にキスをしてきた。ワインの香りがするキスに誘われて、くちづけをしようとした直後、手で遮られた。どうやら本気のようだ。

「私から連絡する。もしくは穂純が仕事から帰ってくるまでベッドで待っているから」

そう言うと、今度こそ林田の腕から逃げて、着衣の続きをする。腕の中にあったものがなくなり、横になりながら恋人の着衣を眺めていると、ボトムスのポケットから何かがころりと落ちていった。

あっと、慌てた様子で志水が床にしゃがんで、ベッドの下を覗き込んだ。

「入ったのか？」

「いいっ、私が探すっ」

急に焦った様子が引っかかって、嫌がる志水を無視して林田も覗き込むと、リングが一つ暗がりに落ちていた。拾ってやると、ひったくるように奪われてしまった。

「……おい」

今のは、なんだ？　なぜ気まずそうな顔をしているんだ。

「――ごめん。帰る」

「おいっ、一之っ」

呼び止める声を振り切り、志水が部屋を出ていってしまった。さすがに全裸では追えずに慌てて衣類を身に着けると、志水の姿は既になかった。

以降――指輪の一件があってから、志水からの連絡がぱったりと止まって、林田は悶々《もんもん》としながら三ヵ月を過ごした。

指輪のことは気になるが、それよりも志水に逢《あ》いたい想《おも》いが募りに募っていた。しかし、あれ以来連絡が来ないということは、指輪を見られたことで彼が気にすることがあるということだろうか……。とにかく一度逢いたい、そう強く願っていたある日のこと、志水家の顧問弁護士から連絡があった。

弁護士、と聞いて嫌な予感がしたが、案の定二度と逢うなと警告され、手切れ金の小切手を出された。高級車が買えるどころか都内の一等地でマンションが買えそうな額に驚いたが、元々逢おうにも志水からの連絡がなければ逢えないし、男のプライドが無駄に疼いて小切手はその場で破り捨ててやった。

弁護士に彼の近況を訊《き》いたところで答えがもらえるはずもなく、このまま二度と逢うこともないと、林田は突然の恋の終わりを悲しんだ。酒もしこたま飲んだし、調査で足繁《あししげ》く通っていた警察にも行かなくなり、仕事への情熱も消えそうなほど、どん底気分を味わった。

気持ちの穴を埋めるように女と付き合ったが、志水の代わりになるわけがない。寧ろ逢えないことへの苛立《いらだ》ちがストレスになって酒も煙草も増えていくばかりだ。

あの細くてしなやかな躰を貪りたかった。白い肌に思うさま食らい付き、根元奥深くまで強張《こわば》りを埋めて、酸欠になるまでがんがんに攻めまくりたい。汗と精液に濡れまくり、突き上げるたび熱い内壁に締め付けられながら、一滴残らず出しまくって骨抜きになる。肉と肉がぶつかるたび陰嚢《いんのう》が圧《お》されて、そのたび軽くイキそうになった。

みっともなく喘いだ林田を見上げた志水は、嬉しそうに蕩けるような笑顔を返した。うっそりとした表情に煽《あお》られて、ずぶずぶと深みにはまっていく……。

志水一之の躰に溺れていた。中毒だった。依存症だった。それがある日を境になくなるなんて、精神のバランスを崩したって不思議ではないだろう。林田は飢えに餓《う》えていた。志水一之に餓えまくっていた。

別れの言葉を聞くどころか弁護士からの一方的な最後通牒《つうちょう》を受けてから五ヵ月。他の誰かで埋め合わせしても志水を失い傷ついた心が癒えないと悟った林田は、そこから寝食を忘れるほどがむしゃらに仕事に没頭し続けた。

仕事しか中毒化した志水の躰を忘れさせてくれるものがなかったからだ。

おかげで論文が学会で認められ、サイコパスに関する書籍の出版の話もあったりと、傷ついた心とは裏腹に仕事は順風満帆だ。教授昇進も目前だった。

恋慕は捨てられないまま、じわりじわりと志水一之という存在が心の隅へと追いやられはじめた頃、突然彼から「逢いたい」と連絡があった。碌に会話もないまま一方的に店の名前を教えられて通話は切れたが、久しぶりの声に失恋の痛みが吹き飛んでいた。

締め切り前の仕事を放り投げて指定の店に向かうと、そこは若者向けのクラブだった。

連日の執筆作業で疲労した目にブラックライトが痛いし、とにかく煩い。店内は酒と煙草と、非合法な何かの臭いがした。志水と初めて出会った闇カジノと同じ臭いだ。

しかしなんだってこんなところに……と困惑した直後、人混みの中で腕を掴まれた。

「こっち」

懐かしいその顔に「アッ」と声が出たが、志水は強く腕を引っ張り店の奥へと向かう。何度も人とぶつかりながら裏口から店を出て、暗がりを選ぶようにして近くのラブホテルに入った。

部屋に入った途端に、ドアに押しつけられて志水からキスをされた。

出会った頃と変わらない情熱的なくちづけに、逢えなかった時間の落胆と苛立ちが溶けて、代わりに欲情が吹き上がった。碌な会話もせず、心をぶつけるように強く抱きしめて、逆にドアに押しつける。

ンッ、と鼻にかかった甘い声に鳥肌が立った。かーっと体内から湧き上がる熱に浮かされながら、シャツの裾から胸をまさぐり、足の間に膝《ひざ》を割り込んで乱暴に突き上げてやると、志水が弾んだ声を上げながら背筋を反らした。

「あっ！　あ……ッ」

快感を期待する声がたまらない。細い首筋に顔を埋めて、懐かしい彼の香りを肺の深くまで味わった。白い肌に繰り返ししゃぶりつき、赤くなるほどキスをすると急速に火照り、香りが強くなる。ああ、たまらない。漸く逢えた……！

「穂純……っ、逢いたかった……！」

その言葉に背中が震えるほどの感動が込み上げ、志水も強く抱きしめてきた。唾液でぐちゃぐちゃになるほどくちづけをしながら、切羽詰まったようにボトムスの前を開けて二人して擦り合う。

志水のそれは既に緩く熱を持ち、軽く握った途端に強張りを強くしていった。

「ぁ、ああ……はっ……んぅ……ん、穂純……っ、穂純……っ」

「一之……はっ……ああ……っ」

手加減なんてできるはずもなく、乱暴すぎる愛撫を繰り返して二人はすぐにも果てた。

手の中をぐっしょりと濡らしても興奮は引くどころか強さを増していく。

今度はドアに手をつかせて腰を突き出させ、下着ごとボトムスを落とした。真っ白で張りのいい臀《しり》を精液まみれの手で掻き回し、狭間《はざま》に指を入れる。小さな蕾《つぼみ》を指先で感じると、志水の細腰がくねり淫《みだ》らに誘う。

「は……ふ、……んん……んっ……ッ」

「久しぶりだからか……きついな」

他の男に抱かれた形跡がないことにどこかで安堵していることを林田は自覚した。処女地を侵すような興奮に急き立てられながら指を一本二本と増やしていくと、志水自身の杭《くい》から先走りがしたたりドアを汚していた。杭の先がドアに当たるたび、根元まで呑み込んだ指を甘く締めてくるのに、中は熱くてぐずぐずだ。

忘れかけていた蜜夜《みつよ》の記憶が蘇《よみがえ》ってくる。泥のような疲労と恍惚《こうこつ》に溺れた秘密の夜が鮮明に思い出され、同時に再び手にした喜びに狂わされる。

林田自身のそれも既に頭を擡《もた》げて限界まで張り詰めていた。志水の細い腰を摑み、双丘の狭間へと押し当てると切っ先に柔らかな滑りを覚えて、ぬう、と吸い付かれる。

ああ…と、どちらともなく声が洩れて、志水の細い背筋が撓《しな》った。

林田も背筋を丸めながら、砲身をゆっくりと沈めていく。まだ蕾は固くて、戸惑いながらも林田のそれを咥《くわ》え込《こ》んでいった。しかし中はどうだ。温かなゼリーのようで、生々しく蠢《うごめ》きながら絡みついてくる。八ヵ月前と何も変わらない。林田を求めて躰が歓喜している。

志水は、声もなく浅く乱れた吐息を繰り返しながら、ドアに爪《つめ》を立てていた。

強すぎる快感を堪《こら》える姿に加虐心を刺激されて、胸の突起を左右から抓ってやる。途端に細い腰が折れんばかりに撓って、林田の中を強烈に刺激してきた。ぐちゅ、と繋がりあったそこが卑猥《ひわい》な音を立てて、小刻みに腰が揺れだした。

「声……出せよ……」

「はっ……あぁあ……っ」

この、声。悦《よ》い声。林田を最高に興奮させる声。

「もっとだ」

「ああ！　あああぁ！」

煽るように律動を大きくしてやると、生々しい音は一層激しくなって志水の躰が激しく前後した。

「あぁ！　あぁあ……ぃい！　いい……‼」

彼の股《また》の間でぽたぽたと滴が落ちて、床を濡らしていた。

林田のそれを根元深くまで呑み込んだそこからも滑りが溢《あふ》れて臀と股を汚していく。

快感に穢《けが》される志水は美しい。肉欲に駆り立てられるままにピストンを繰り返して、絶頂の気配に林田が呻《うめ》くと、志水が涙に濡れた顔で振り返った。

「も……ぃく……もう……もっと、強く、して……」

ああ、クソッ。何も変わらない。何も変わっていない。やはり志水でなくてはいけなかったんだ。
彼が運命の人――強い確信に歯噛みして、彼が望むままに最奥《さいおう》を力強く穿《うが》った。

ホテルのドアを精液で汚したあと、バスルームやベッドの中でも愛し合った。

どろどろに融《と》け合《あ》い、指の先まで動かせなくなるほど疲れ切った二人は、漸く微睡みに身を委ねながら生まれたままの姿で抱き合った。今までなぜ連絡を寄越さなかったのか、どうしていたのかと、聞きたいことは山ほどあったが、今こうしていることがあまりにも幸福で何も問えずにいると、そんな林田を察したのか、志水から話を切りだした。

「ずっと屋敷に閉じ込められていた。弟に密会していることを知られてしまって……」

深い溜め息を零して、志水が胸に頬ずりをしてきた。温かな吐息とは裏腹に表情は暗い。

「以前、指輪を見ただろう。あれは弟からの婚約指輪なんだ」

「な、なに……？　弟から？　弟からって……弟？」

予想を超える台詞《せりふ》だった。にわかには信じがたい一言に驚いた林田に、志水が悲しげに苦笑してみせた。

「彼には家庭があるんだ。子供だっているけど、ずっと私に執着している。両親も心配して幼い頃から私たちは別々に暮らしていたけど、無能な兄に代わって事業経営を引き受ける対価に、私と結婚したいと言いだして……」

てっきり志水が妻帯者であるのかと思い込んで、不義の関係だから弁護士が出てきたのだろうと結論を出したのだ。弟？　結婚？　意味がわからない。なんだそれは。異常な状況に言葉を失って、林田は眉を顰めた。

「形式的なもので法的効力はないけど、私は拒否した。でも父が……ずっと味方だった父が、弟の我が儘を許してしまったんだ。以来私はずっと弟に監視されて外にも出られなかったし、連絡なんて到底無理だった……だから遅くなってしまった」

ごめん。と、弱々しい声に胸が疼いて、彼を取り巻く環境が異常であることがこれでわかった。柔らかな髪に頬ずりを繰り返して、額にキスしてやる。

「とんだブラコンだな。重症だ。親も親だ」

「訊かれる前に言っておくけど、弟とは一切何もない。彼は私を愛《め》でたいだけなんだ。人形と同じだよ。だから痣《あざ》を作ると酷く怒るし、癒えるまで私を部屋に閉じ込めておく。元に戻ればまたご機嫌だから暴力を振るわれたこともないし、彼はいつだって紳士だけど、でも——」

「異常だ」

「……うん」

志水の言うとおり犯罪心理学者の目から見ても、固執や行動ぶりを断片的に聞く限り病質的だと言わざるを得ない。可能性として一つ思い当たるものがあったが、確信が持てずにそれを言うのは躊躇《ためら》った。

「――それでお前はどうするつもりだ。弟から逃げてきたんだろう?」

「私は不良になると言ったはずだ。押しかけたって悪くはないだろう」

「押しかけるってのは間違いだろ。怪しげな店に呼び出したくせに。カモフラージュのつもりか」

悪態を吐《つ》きながらも、林田は志水が自分の元へ逃げ出してきてくれたことを喜んでいた。

「直接家に行ったら居場所を知られてしまうかもしれないと思って」

「弁護士が俺ン所に来た時点でバレまくってるさ」

「でも……連れ戻されたら結婚させられる」

「させるもんか。お前は俺のものだ。だがウエディングドレスを着るのかどうかは、気になるな」

「着るものか。私を誰だと思ってるんだ」

機嫌を悪くしたらしい志水が、林田の上に馬乗りになって見下ろした。

「誰って、俺の恋人だろ?」

白い肌に点々と色づく赤痣を一つ一つ指でなぞりながら見上げると、気怠げな瞳が笑みで細められた。

しなやかな指が顎を撫で、下唇をくすぐる。指先を甘噛みしてやると、ふふっと密やかに笑って、志水が舌舐めずりしてみせた。

「いつからそんなに頼もしい馬になったんだろうね」

「馬はやめろって。しかも駄馬だ。ふざけんなっての」

一年以上も前のことを思い出して林田が舌打ちした。

「元駄馬かな。ということは、ロシナンテだ。でも私はドン・キホーテほど度胸はないけどね」

「風車に挑むより、今は逃げるほうが重要だしな」

「だから馬は優秀なほうがいい。――さあ、ロシナンテ。これからどうしよう」

問題はそこだった。

このまま家に帰ったところで厄介な弟はすぐに連れ戻しにくるだろうし、林田と一緒にいるとわかれば誘拐や拉致《らち》と訴えられるかもしれない。さすがに逃避行なんて非現実的なことはしたくないし、なにより久しぶりの情事に躰は疲れていた。

結局、チェックアウトぎりぎりまで惰眠を貪り、二人はホテルを出て林田の車に乗り込んだ。一晩寝ても具体的な策は浮かばず、寧ろ空腹で朝食のメニューばかり考えている。

ひとまずファミレスでモーニングを食べて、行く先を考えた。家には戻れないし、ホテルで過ごすにも限界がある。可能な限り日常生活に戻る近道を考えるならば——次の行動が決まった。


西河内署は朝から賑わっていた。

受付の女性に挨拶《あいさつ》して、生活安全課の関口を探すと、仕事をしているんだかしていないんだか相変わらずわからない顔をしてデスクの前にいた。林田を見つけると、暇潰しの相手が見つかったとばかりにニヤリと手を挙げた。

「先生、朝から早いっすね。あれ、後ろの、そいつ……」

「関口。頼む、話を聞いてくれ。ちょっと困ったことになってる」

耳の穴を掻きながら、あ？　と気の抜けた声を出して、林田の向こうを覗き込む。

後ろには志水がいて、関口に凝視されて心地悪そうに林田の後ろに隠れた。しかし関口が見たのは、それよりももっと後ろ。

「先生の知り合い？」

林田が振り返ると志水もつられるように後ろを見て、はっと息を呑んだ。

咄嗟に身を引いたその手を、見知らぬ男が摑む。長身の、柔らかな顔立ちの男だが、一重の目はぞっとするほど冷たい。志水を一点に見つめて、腕の中に引き寄せた。

「帰るよ、兄さん」

志水が「嫌だっ」と叫び男の胸を突き飛ばして、林田を抱きしめた。

「私はお前のお人形じゃない。お前の自己満足のために利用されてたまるかっ」

「利用じゃなく、なるべくしてなったことなんだ。さあ、おいで。一緒に帰ろう」

志水を後ろへやり、林田は弟らしい男と対峙した。未《いま》だ状況がわかっていない関口が、え？　え？　と狼狽《うろた》えている。志水が小刻みに震えていた。それが背中越しにわかって緊張が高まる。

「待ってよ。冗談はやめてくれ。これじゃあ、まるでこちらが悪者だ。兄さん、我が儘はやめてくれよ」

横に緩く流した前髪を指の先で梳《す》いて、男は険しい表情でかぶりを振ってみせた。

「こんなところで、みっともないじゃないか。いい加減にお遊びはやめなさい」

「私はっ、違う……！　お前がっ」

言葉の途中で男が突然動いた。男よりも背の高い林田を押《お》し退《の》け、志水の腕を摑み再び引き寄せた。林田は近くにあったデスクに倒れ、なぜか関口は尻餅をついて唸っていた。

「てめぇ……っ」

林田がカッとなり、男にタックルすると二人は机の上に倒れた。

書類や文房具があたりに散乱して、警官たちが怒声を上げながら駆け寄ってくる。しかし二人は止めようとする手を払い、殴り合った。

この利己主義な男が本当に志水の弟なら、ゆくゆくは大グループのトップになるのだろうが生憎林田には関係ない。恋人に危険が迫っているから応戦しただけだ。拳《こぶし》が頬を打つたびに、ごっ、と鈍い音が骨に響いて、かーっと熱くなる。しかし痛みよりも怒りのほうが勝っていた。

男は若いだけあって二、三発殴られたくらいでおとなしくなるはずもなく、逆に林田を押し退けて、腹を蹴り飛ばした。鳩尾《みぞおち》にキマって、うっと息が詰まった。たまらず蹌踉《よろ》めいた林田を庇《かば》うように志水が前に出ると、途端に男は怒りの形相《ぎょうそう》を鎮め、穏やかに笑いかけた。

「兄さん、僕を怒らせないで。一緒に帰ろう」

「私は帰らない。お前の物にもならない。一人で帰れ」

志水が気丈に宣言すると、ああ…と男は天を仰いで酷く嘆いてみせた。

「昔は素直だったのに、いつの間にか我が儘になっちゃったな……」

残念。と寂しそうに呟いたあと、男の顔から、すう…と、笑みが消えた。

まずい！　と直感的に思った。

同時に躰が反応して志水を抱き寄せる。驚いた彼が振り返った直後、風を切るようにカッターの刃が横髪を散らしていった。

林田の目の前で志水の美貌が苦悶《くもん》に歪《ゆが》み、追い打ちをかけるように男が体当たりして、林田と志水は勢いよく床に倒れ込んでいた。

ガシャンッと何かが倒れ、男たちの怒声が次々と飛び交う。

したたかに背中を打って、息ができなかった。ぐぅ、と呻いた林田の隣で頭を打った志水はぐったりとしたきり動かない。

「えっ……っ」

腕を伸ばそうとしたが、激痛で出来なかった。

男が林田に馬乗りになろうとしたところを警官たちに押さえ込まれた。

放せ！　と男が常軌を逸した声で狂ったように叫ぶ。

署内にいる警官たちが大勢集まるほど物々しい空気のなか林田がゆっくりと半身を起こすと、愛する人の髪を鮮血がべっとりと濡らしていた。

第六章

頭を打ち付けた記憶の衝撃で再生が止まった。はっ…と短く息を切り、志水《しすい》は目蓋《まぶた》を開くと、山小屋の冷たい空気に、ぶるっと肌が震えた。

膨大な情報が頭の中でぐるぐるしている。瞬《まばた》きもできないほど呆然《ぼうぜん》としている視界に、林田《はやしだ》が心配そうな顔を向けていた。

大丈夫か？　と、右の頬《ほお》を撫《な》でられて、温かな安堵感《あんどかん》に乱れた呼吸がゆっくりと戻っていった。この大きな手の感触を覚えている。全身を余すことなく愛してくれた手だ。

「……穂純《ほずみ》……穂純、穂純……」

「やっと俺の名を呼んだな」

「仕方がないだろう。私の記憶は残っていなかった」

彼の胸にそっと顔を埋《うず》めながら再び目蓋を閉じると、記憶の再生がはじまる。しかしもう十分すぎるほど視《み》てしまった。疲労感にかぶりを振って意識を現実に戻した志水は、彼の胸をそろりと撫でていた。

「傷はあのとき弟が付けたんだな」

「ああ。倒れたときにも頭を強打して、一年以上リハビリで入院していたんだ。後遺症がなかったのは幸いだった」

　遠い過去を懐かしみながら、林田が志水の横髪を撫でる。優しい声だ。その頃より少し低くなったような気がした。

「弟はどうした」

「キャリア組の友人からの情報だが、一度は拘束されたらしい」

「逮捕されたのか？」

「あの状況を見る限り、一時は逮捕しても起訴は難しいだろうな。それに俺たちの知らない上の上のほうで何かが決まったらしく、俺にも研究を続けたいなら被害届を出すなと圧力があったし、西河内《にしかわち》署内では箝口令《かんこうれい》が敷かれたらしい。警官が、署内であった事件を見ないふりしたんだ」

　署内での屈辱的な事件だというのに、上からの命令で闇《やみ》に葬られたのだとしたら、プライドは傷つけられたまま引きずっているだろう。彼らの辛辣《しんらつ》な態度の意味が漸《ようや》くわかった。

「なるほど。だから私も穂純も、あの警察署に嫌われているんだな」

「俺たちより、お前の弟のほうがもっと嫌われているだろうけどな」

　何かを思い出したらしく、くっと林田が噴き出した。小さく肩を震わせながら、志水の耳裏をくすぐる。手慰みにされているようだが、心地がいいから許してやろう。

「あいつ、何十人って警官の前で派手にカッターを振り回しておきながら、俺が悪いだなんて訴えやがってさ……。確かにお前を守り切れなかったのは俺だが、さすがに刃物は持ってないぞ」

「思いっきり殴っていたけどな」

志水が笑うと、あっちだって、と林田が弁解した。

「弟は私の話も聞いていなかった。私は弟にとって、お気に入りの人形だったから」

大事に大事に宝箱にしまわれて、ただ息苦しかった。逃げ出しても逃げ出しても捕まって、そして宝箱に閉じ込められて最後には鍵《かぎ》をかけられてしまった。

「弟の側《そば》にいたら、私もいずれ壊れてしまうような気がしたんだ」

「だけどお前は自由だ。あのボロビルに住んで弟は来たか?」

いや。と志水はかぶりを振った。確かに弟は一度も来ていない——はずだ。

仮に来ていたら今頃志水は西河内にいなかっただろう。林田とも逢《あ》うことはなかった。

「……でも、きっと私を諦《あきら》めてはいない」

執着心に燃え狂った弟の姿を思い出せば、容易に導き出せる答えだ。

彼が探しに来ないのは、きっと一族が引き離したか、何らかの妨害で動けないだけだろう。でも弟はまだ志水を諦めてはいない。

「お前はどうしたい。受けて立つのか、それとも逃げ続けるのか」

「私は弟の側にはいられない。いてはいけない。……でも、どうしてだろうな。弟を心の底から嫌いにはなれないんだ」

はあ？　と林田が呆《あき》れた声を出した。

「今まで大事にしてきたお前を、我が儘言ったくらいでキレて切りつけてきたんだぞ？　俺も散々殴られた。それはDVでいうところのハネムーン期と同じだ。横暴な態度が優しい一面で誤魔化《ごまか》されてるだけさ」

「そうだとしてもだ。怖かったけど、どこかで弟を許している自分がいるんだ」

どうかしてる、と林田は呟《つぶや》いた。

「しかし、これまでのDV被害検証例にない事例ではないな。しかも肉親が相手となれば、恐怖と親愛が混ざり合う。……厄介な感情で心を縛り付けられるなよ」

「よくわかってるさ」

志水は皮肉に微笑《ほほえ》んだ。

「とにかく、お前は逃げられたんだ。三年前、病院から忽然《こつぜん》と姿を消してな。覚えてないだろうが」

「穂純の記憶にないものは私にもわからない。でも私一人なら必ず穂純を頼るはずだ」

では誰が——？　という疑問に、二人とも答えを導き出すことはできなかった。

炭小屋の外はまだ雨の音がしている。夜は深まり、酷《ひど》く冷える。ぬくもりを求めるように彼の胸の中で小さくなると、林田が抱きしめてきた。

「面倒臭いことは抜きにして、やっと、俺の一之《かずゆき》になったのは事実だ。……やっとだ」

「……だけど本当の私じゃない」

「記憶がないくらいなんだ。これから俺たち二人で作っていけばいい」

「――……穂純」

　恋人の胸に預けていた頭を擡《もた》げ、志水は吐息のかかる距離で微笑んだ。

「私はこれからも能力を使い続けて記憶を失うだろう。今の私は穂純の記憶の中の『私』だ。そして『僕』は孤独に生きてきた私だ。どちらもいずれは消えてしまう」

「そんなこと俺がさせない。能力を使わなきゃいい。それで問題解決だ」

「無理だよ。私はきっと穂純と会う前から能力を使っていたから、それが私にとって当たり前のことなんだ。だから失うことも必然だ」

「………だから俺を見つけたのか。俺に逢いに来たのか……？」

　怪訝《けげん》そうに、志水の二の腕を摑《つか》みながら林田が問う。志水は頷《うなず》いた。

「きっとそうだ。私の力になってくれる人を探し続けていたはずだ。――それが穂純」

「なぜ俺なんだ。俺は何もできなかった……。寧《むし》ろ警察のほうが」

「さあ、なぜだろうね。昔に会ったことがあるのかな。わからないけど、私は穂純を選んだ。――そうだな、きっと、よく走る馬が欲しかったんだ。助けてくれる王子様じゃなく、どこまでも一緒に逃げてくれる馬が」

そう言うと、志水は悲しげに眉《まゆ》を顰《ひそ》めながら、林田を強く抱きしめた。

林田も砂と枯れ葉のついた髪を抱きしめて、こめかみに繰り返しキスしてやる。

耳朶《じだ》を甘噛《あまが》みすると、酷く冷えていた。二人とも凍えていた。夜が長すぎる。

「穂純。きっと近いうちに今の『私』は消えるだろう。『僕』もだ。そのときは、お前好みの私に作り替えればいい。穂純色に染まってやる」

「そりゃ、最高だな。俺専用のビッチにしてやる」

首筋に顔を埋めながら、林田がくっと笑った。

撫でるようなキスと温かな吐息が肌を熔《と》かしていく。彼に熔かされるなら、それでもい い……志水の唇から気怠《けだる》い息が洩《も》れて、首筋を反らした。その拍子に、ふふっと笑みが零《こぼ》れてしまった。

「そんなもの、とっくにだ」

「だったら俺を馬扱いしない奴《やつ》だな」

「可愛《かわい》がっているのに？」

「可愛がるんじゃなくて、惚《ほ》れろ」

ふふっとまた密《ひそ》やかな笑みを零し、志水が林田の擦《す》り傷《きず》のついた頬にキスして、焦《じ》らすようにうなじをくすぐった。途端に、彼が、こら、と怒りだす。

「とっくに――と言え」

「おや、もう私を調教する気かい？」

「お前は手に負えないからな。……でもやっと手に入れた。漸く俺の物だ」

「あの煙草《たばこ》臭い部屋で出会ったときから、とっくにだ」

今更だと呆れて、二人は額と額とを重ね見つめ合った。少しの間、会話が途絶えると、雨音が二人を包み込み、静かな夜が押し寄せてくる。うなじを撫でる寒さに志水の吐息が震えたのをきっかけに、林田が唇を重ねてきた。

ふ…と、洩れた小さな声まで呑《の》み込《こ》まれた途端に、冷気を覚えたうなじに違う痺《しび》れが走って官能を刺激する。目蓋を閉じてくちづけに応え、彼の後ろ髪を愛《いと》おしみながら掻《か》く。

くちづけは啄《ついば》むように、そして食《は》むように唇を付けたり離したりして、まるでダンスをしているようだ。そのうちに二人の唇は唾液《だえき》に湿り、吐息の熱に火照り、息もできないような深い交わりへと変化していった。

躰《からだ》は雨に濡《ぬ》れて凍えているのにくちづけは爛《ただ》れるように熱くて、たまらなく気持ちがよかった。甘い声を時折零しながら滑らかな腔内《こうない》を舌で愛撫《あいぶ》しあって、とろとろにしていく。それだけで志水は全身が快感で蕩《とろ》けそうなのに、林田の手がシャツの上から腰をまさぐってきた。

大きな手の平が臀《しり》を左右から鷲摑《わしづか》みにして、ばらばらに揉《も》みしだき溝を大きく開かせた。そしてボトムスの上から溝をなぞり、蕾《つぼみ》のあたりを圧《お》されて志水は「ンッ」と弾んだ声を洩らし肩を弾ませた。その拍子にキスが離れると、林田が尚《なお》も食いついてくる。

「んんっ……ん、ん、んん……ふぁっ……あ、ぅ……ん……ん」

上顎《うわあご》を撫でられてくすぐったさに志水は怒った。

仕返しに舌の先を甘噛みすると、林田が呻《うめ》いて逆に強く舌を吸ってくる。じゅう…と音が立つほど強く吸われて、唇ごと甘噛みされた。もう口の周りがべちゃべちゃだ。どろどろになるほど愛し合い、浅い吐息に朦朧《もうろう》としてくる。

ぐったりとして四肢の強張《こわば》りが抜けると、布越しの愛撫が鋭敏に感じられた。

散々臀を撫で回した手が外腿《そともも》を撫でて、するりと内腿へと入ってきた。あっと驚いたときには、何食わぬ様子で性器の膨らみを優しく握られて、わななくような圧迫がくる。緩く強弱をつけられていくうちに、下着の中のそれがもったりと熱を集め芯《しん》を硬くしていくと、瞬《また》く間《ま》に強張っていった。

「あっ……ぁあ……はぁっ……、……ああ…ああ……」

下着の中で完全に形を変えたそれが窮屈だった。しかし林田は外に出すことはせず、ボトムスの上から丁寧に形をなぞっている。指先で圧されるごとに根元から先へもどかしい痺れが抜けて、下着の中が濡れてきた。志水の形を探る指が雁《かり》まで来ると、張りと硬さを確かめるように、くにくにと揉まれ、あまりの焦れったさに「もう！」と怒った。

「なんだ。触るなら直接がいいか」

「当たり前だ。お前が脱がさないなら、私からしてやろうか」

「そりゃ手間が省けるな」

できるものならしてみろと言わんばかりの挑発的な笑みに火が点《つ》いて、林田のジャケットを無理矢理に脱がせた。シャツの裾《すそ》に手を伸ばすと、いきなり躰を反転させられて後ろ抱きに座らされてしまった。これでは脱がせられない。

「卑怯《ひきょう》だぞ」

「作戦勝ちと言え。クソ寒いんだ。そう簡単に脱がされてたまるか」

「随分前に温まるとか言っていたのは、誰だ?」

「温まるにも準備がいるだろ。だから準備してる」

「ちょ……っ、アッ……!　ぁあぁっ……!　あ!　あ!　ああっ、あっ、ヤッ……!」

性器全体を布越しに掴まれながら上下に激しく揺さ振られて、激しい振動と摩擦が快感と射精衝動を教えてきた。久方ぶりに躰を駆け抜ける劣情に志水は背筋を仰《の》け反《ぞ》らせ、酷く喘《あえ》ぐ。

「ヤッ、それっ、あうっ……だめっ、下着、汚れる、から……ッ……だ、だめぇ……!」

「もう、ぐしゃぐしゃに濡れてんだろ。手遅れだ。出しちまえ」

言うとおりでも嫌だとかぶりを振った志水に、林田が呆れた様子で嗤《わら》った。

「わかった。もっと気持ちよくしてほしいんだな」

左胸の突起をシャツの上から抓《つね》られて、鋭い刺激が下腹部の快感と繋《つな》がった途端に、全身に鳥肌が走った。下から突き上げるような荒っぽい揺さぶりが尚も煽《あお》り、ついに。

「待っ！　ひぁっ……アッ、やっ、イク！　イクッ……待って！　待っ…………！」

制止の訴えも虚《むな》しく、志水は下着の中にすべてを吐き出した。

嫌がる気持ちとは裏腹に、下着の中の性器は威勢よく放ち濃厚な余韻を誘った。

為《な》す術《すべ》もなく全身で甘受した志水は、彼の胸に倒れてぐったりだ。久しぶりの快感は、どんな形であれ強烈だ。余韻に耽《ふけ》る志水を林田はからかうように笑った。

「お漏らししたな」

「穂純のせいだ……中、気持ち悪い」

どれ。と、ボトムスの前を勝手に開けて、林田が手を入れてきた。

もぞもぞと動く手に腰がむずむずして揺れると、動くなと、怒られた。

動かすようなことをしているのはそっちだが、言われたとおりにすると今度は下着の上から性器を愛撫されて、ぬるぬるとした心地に志水は呻いた。

「ほら……もう、酷い」

「本当だ。こりゃ凄《すご》いな。下着の上からなのに手がぬるぬるだ。――ほら、ここ」

下着越しに亀頭《きとう》を愛撫すると、酷い滑り《ぬめ》気《け》だった。

「脱ぐ」

「駄目。このままだ」

「だってっ、気持ちが悪い」

「山奥に捨てられて、雨に当たったんだぞ。この小屋だって清潔とは言えないし、絶対に汚れてる。このクソ寒い時期に川で水浴びってのも無理そうだしな」

「つまり私だけ汚れて、それで終わりか」

そういえば、林田は汚部屋を片付けるくらい根性のある綺麗《きれい》好きだった。しかし折角の甘い雰囲気に水を差すような発言に志水がむくれると、林田が即フォローに動いた。

「長いこと待ったんだ。ここで終わらせてたまるかよ」

「でも穂純はこんなところでじゃなく、まっさらなシーツの上で、汚れ一つないセックスがしたいんだろう。だったらまだお預けだ」

「冗談じゃねーよ、お前とどろどろになる気満々だ。だけど汚れた手でうっかりとお前に変な菌だの病気だの付けたくないだろうが。セーフセックスは大切だ」

「と言うくせに、穂純がスキンを付けたところを、私は一度も見たことがない」

「今度付けてみるか？　物足りねーぞ」

いい。と断って、ボトムスの中に入れた彼の手に触れ、指をなぞった。

「それで、穂純流セーフセックスの続きは？」

「一之の協力が必要だな」

下着を撫でる手が深い所へと潜り、陰嚢《いんのう》を指先で転がした。

「ん……ふ、ん……、……ん……」

微弱な快感がもやもやと下腹部を刺激してきて、鼻に抜けた声が零れる。腰をゆるりとくねらせ、快感をやり過ごそうとしたが、指がばらばらに動いて膨らみを刺激して、志水は「アッ」と声を弾ませて、彼の腕の中で仰け反った。

「脚を開け、一之」

反射的に閉じてしまった脚を開けと、林田が耳元で命令する。

躊躇《ためら》う余地を与えない甘美な命令に、ぞくりとして志水はゆっくりと股《また》を開いていった。

暗闇に目が慣れたとはいえ、暗い小屋の中で浅ましい格好になったところで誰も見ていない。それなのに、彼に命令された途端に気恥ずかしさと淫《みだ》らさに胸を掻《か》き毟《むし》られて、酷く興奮してしまう。

そろそろと言うとおりにすると、「いい子だ」と、ご褒美に耳朶を舐《な》められた。

舌の先が耳穴を濡らして、ふっと吐息をかけられた拍子にビクン！　と躰が弾んでいた。

遅れて快感が背筋を駆け抜けていくと、彼の指が会陰をなぞり、奥の蕾を圧してくる。

「ここ、俺の指でぐちゃぐちゃにしてやりたい」

「あ……し、して……っ」

下着越しに圧迫されただけでも興奮に疼《うず》いた。

躰が期待しまくっている。彼の指がそこを圧すたび、腰が揺れてさらなる刺激を探っていた。しかしどんなに震えた声でおねだりしても、林田は下着の中のそこを直接触ってくれない。もどかしさに、うずうずしてしまう。

「指を締め付ける感覚を思い出すよ。お前のここはヤバいくらいに熱くて、中はとろとろのくせに締め付けてくるんだ。でも入り口だけが、がちがちに固くて、なかなかほぐれない。俺を焦らしまくるんだ」

くん、とひときわ強く圧迫されて、尾てい骨のあたりに痺れがキた。欲しい。もっと強い刺激が欲しい。二人してぐちゃぐちゃになるほどの快感に溺《おぼ》れたい。

「焦らすのは私だけじゃない。穂純もだ」

「それはわざとだよ。お前は天然だけどな」

果たして、質《たち》が悪いのはどちらだろうか。

答えを出す前に林田が手を引き抜いて、志水の躰を前に倒した。

ちょっと待ってろ、と脱いだばかりの上着を敷かれて、その上に倒されると腰を持たれた。そして臀を高く上げた体勢で、漸く下着ごと下ろされると冷気で鳥肌が立つ。

「寒い」

「だろ。だから俺も脱ぎたくない。でもすることはしたい。折衷案が必要だ」

「先生はそれを実行中なんだ」

「理解力のある生徒は大好きだ」

「あ……っ」

左右の尻臀《しりこぶた》を摑み大きく広げられて、溝に彼の吐息が触れた。

温かく湿った感覚に気づいた直後、柔らかなものが後孔《こうこう》に触れて、くにくにと、生々しい動きを教えてきた。驚きに声を上げた志水が慣れる間もなく、じゅう…と音が立つほどにしゃぶられて、そこだけが異様に熱くなった。

「あっあ！　あっ、ヤッ……舐めるの……っ、駄目だ……ッ……やだっ」

そんなところを舐められて喜べるはずがない。寧ろ羞恥心《しゅうちしん》が勝り快感に酔うどころか、切なくてかぶりを振って嫌がった。しかし躰は頭にくるほど素直で、じんじんと火照りながら前まで固くしている。次第に寒さを忘れるほど躰は火照って、熱いくらいだ。

「駄目……穂純っ……ンあっ、あっあっ……や、なか……だめ、……ヤッ、やぁ……！」

熱と唾液にどろどろに熔かされたそこが蕩けてきたのか、舌の先が窄《すぼ》まりの中心を圧して、ぐいぐいと中に入ってきた。ひとたび拓《ひら》かれると、滑らかなそれが襞《ひだ》をこじ開けていく。同時に指が左右から孔を引っ張り、さらに大きく開かせた。

「クソッ、灯《あか》りがないのが惜しいな。すげぇ綺麗な……お前の中の色が見たい」

林田が吐息まじりに言って、尚も吸い付いた。

襞をべちゃべちゃに濡らしまくり、漸く中に入るなり、内壁を擦《こす》るように蠢《うごめ》く。

「な、あ……あぁ！」

不気味な動きが気持ち悪いはずなのに、志水の腰が揺れていた。股の間で性器がまた頭を擡げて、先を濡らしている。息を吸うたび雨と埃《ほこり》の臭いに精液の臭いが混ざって、恥じるよりも一層感じてしまう。股の間もぬるついていた。

「はあ……は、あ、んぅ……ん、……も……中、熱い……、いっぱい、濡れたから……」

「もう少しだけだ。お前のここ、美味《うま》くてやめたくない」

そう言って、深い所で舌の先が肉壁を舐める。

「駄目っ、もう……！」

志水が怒ると、林田が名残惜しげに渋々と顔を起こした。

「帰ったら明るいところで嫌ってほど舐めまくってやるからな。そのうち、一之からねだるように調教する」

「……はあ、……私はそんな悪趣味な馬を選んだつもりはないんだけどな……」

「悪趣味じゃなく、愛が深い証拠だ」

「愛が深いのなら、次に私がしてほしいことがわかる……？」

「ああ、間違いなく俺がしたいことと同じだ」

ボトムスの前を開き下着の中から彼自身を出すと、それはすっかりと大きく張って、既に苦しげだった。

暗い小屋の中でもはっきり見えるほどの強張りに、眺めているだけで喉《のど》が鳴ってしまう。

浅ましく反応した志水を、林田も餓《う》えたように見下ろしながら膝裏《ひざうら》を掴んだ。胸に付くほど深く折られて踵《かかと》が彼の肩に引っかかると、唾液でとろとろにされたそこが丸見えだ。いつだったか、ぬかるんだ秘孔を凝視されて、それだけでイキそうになったことがあった。しかし今はよく見えないことが逆に妄想と欲望を駆り立てるようだ。

林田は自身のを後孔に当てると、滑りを付けるように砲身を擦った。にちゃにちゃと生々しい音を微《かす》かに立てながら、張ったところが時折蕾を掻く。

そのたびにひくんと内股が痙攣《けいれん》して、体内が期待に疼いていた。早く、早く、と志水は涙に濡れた瞳《ひとみ》で切に訴える。

「エロい顔しやがって。暗くてもしっかり見えるぞ」

「ここまで来て、我慢できると思うのかい？」

「まず無理だろうな。俺なら狂っちまう」

「私はもう、そうなりそうだ」

「そりゃマズいな。狂うなら、入れてからにしてくれ」

だったら、早く。と吐息まじりに志水が誘惑すると、漸く林田が本気の顔をしてきた。性器の先が滑った蕾にキスして、ぬるぬると擦ってくる。もどかしくくすぐったい刺激に気怠い吐息が零れると、楔《くさび》を穿《うが》つように、ぐっと腰が落ちてきた。

「ひぁっ……ぐっ……っ」

めりめりと開かれていく痛みに志水は呻いた。頭上でも林田が唸《うな》っている。

「ああ、クソッ……やっぱりキツいな」

久しぶりの行為で、あの程度しかほぐせなかったのだから当然だ。けれどやめたくなくて、志水は必死に力を抜こうとするが、努力をしても熱い痛みは容赦なくキて、引《ひ》き攣《つ》った悲鳴を上げた。あまり痛がると林田が行為を躊躇ってしまうかもしれない。そんな不安が過《よぎ》ると、林田が頭上で呻いた。

「……言っとくが、……俺はやめないからな……」

どうやら、いらぬ心配だったみたいだ。志水は苦笑した。そういうくせに、そっと林田が労《いたわ》るように前髪を撫でてくる。

「そういう頑固なところがお気に入りなんだ」

「素直に好きと言え」

途端に、ぐっと腰を落とされて、後孔が大きく口を開けて雁を呑み込んだ。

ひときわ大きく張ったそれが中に収まると、今度は内側からの鈍い圧迫感が下腹部に広がっていく。ちりちりとして痛い、熱い。まるで拳《こぶし》を突き入れられたみたいな感じがして怖い。微かに痛みを発する圧迫に、志水は息を吐きながら耐えると、今度は林田が笑った。

「四年前は入れただけで、イクくらいに敏感だったのにな」

「四年間、誰ともしなかった証拠にはなるだろう」

「まあ、確かに。でも、初めてしたときよりキツいぞ」

「あのときはベッドだし、サイドチェストの抽斗《ひきだし》にボディオイルがあった」

「ああ……そうだな。今度からは小袋のローションを持ち歩くことにするよ」

会話しながら徐々に徐々に腰を落として漸く収まると、二人は同時に大息を零した。

入れるだけでぐったりだ。しかも深いところまで入ったら入ったで、太い楔が中をぎちぎちと拡《ひろ》げて、息が苦しい。熱くて窮屈な感じが辛《つら》くて身じろぎすると、林田がすぐに呻いて眉を顰めた。

「ゆっくり……動くからな」

ん、と頷くと、砲身を沈めたままで林田が円を描くように腰を回しはじめた。

一緒に志水の腰も動くと、太い楔が中をゆるゆると掻き回してくる。

はじめはきちきちとして苦しかったそこが、次第に強張りを解いていくと、気持ちのよい熱が深いところから湧《わ》き上《あ》がってくるのがわかった。

一欠片《ひとかけら》の快感に気づいたことで痛みが癒《い》えると、あとは中を掻き回される楔の質量が逆に官能となって、腰を揺さ振られるたびに中を熔かしていった。甘美な痺れは鼓動に合わせるように、じんじんと胎動している。そのたびに内側から掻き毟られるような心地がして、むずがゆさに一層腰が揺れていく。

「あ……あぁう……ん……」

今まで忘れていた感覚が、急速に目覚めていくようだった。刺激がすべて快感に変わっていく。

「は……あ、ぁ、あ……あ、んん……は……、……も、痛くない……平気だ……」

「あぁ……すげー熱い、もうとろとろだ。やっぱり忘れてないもんだな」

嬉《うれ》しそうに言って小刻みに動きだした。

志水も一緒になって腰を弾ませると、繋がり合ったそこが、ぴちゃぴちゃと音を立てはじめて次第に滑り気を帯びながら大きくなっていった。

林田が腰を打つたび、床が軋《きし》んでいる。頭上で荒い呼吸音がして、時折息を呑む。

林田が腰を摑み、小刻みな律動から大きなものへと変化していった。ぎしぎしと床が煩《うるさ》い。でも、中が熱くて、くらくらする。

「あぁあ……あっ、穂純……あっ……あっあ！　あ！　あ！　ンう、ん、ん、ん……！」

大きく腰を突き上げるたびに、ずんっ、と深い一点を攻めた。身悶《みもだ》えするような快感が内側から波紋を描いて全身に広がって、びりびりと脳天を痺れさせる。彼の腰を追うよう

に志水も腰を浮かせながら、浅い呼気を激しく乱した。

「あ、んん……！　んっ……んん……！　やぁ……！　あぁああ……っっ」

「ああ、ここな……ごりごりするやつ」

ひときわ敏感に反応してしまうそこを、丹念に擦られて、志水の杭《くい》の先が少量の汁を噴いた。尾てい骨が震えて、熔ける。

声もなく喘ぎながら志水が仰け反ると、林田が左脚を下ろして、貫く角度を変えた。途端に今度は奥にがんがんと当たって、振動が背筋を走るたびに鳥肌が立つ。

「は……ぁ、あっああ……っ……あっ、深い……あぁあ……っ、ああー……ッ」

内股が震えて、脚が引き攣った。下腹が強張り、絶頂がクる。

「ぃく……っ……穂純っ、イクッ……ッ」

「まだ……もっと入ンだろ……っ、ここ、すげーいいとこ…っ、……ぅうッ……！」

林田の腰がさらに落ちた途端に繋がり合ったそこが、ぐぷ、と生々しい音を立てた。

同時に志水の中の深い深いところが口を開けて、大きく張った雁をいっぱいに頬張った。強烈な衝撃に志水は声にならない悲鳴を上げながら二度目の絶頂に呑み込まれた。

折れんばかりに背筋を反らせながら、杭の先から精液を吐き出す。びく、びく、と躰が痙攣している上で、林田が呻いている。

「……先にイクなよ……やっぱ、奥はきっついな……やべえ……俺もそろそろだ……」

背中を丸めながら苦悶《くもん》の表情を浮かべて、今度は腰を引いた。

「ヤッ！　まだ！　イッて……あ！　あっ！　あっ、アッ……アッ、あ！」

S字結腸を擦りまくる激しいピストンに、達したばかりの躰ががくがく震えていた。

もはや雨の音も寒さも気にならない。ただ体内深くを穿つ太い楔の熱と力強さにおののきながら、泥のような快感の中に溺れている。

ずるぅ…と、彼の楔と一緒に粘膜が引き攣り、また卑猥《ひわい》な音を立てて亀頭が、ごっと深みを殴った。目の前で火花が散ったような強烈で凶悪な快感がクる。また、イク！

「あ！　あっ……っ……………――ッ……！」

「……が……っ……くぅ……っ……ッ」

快感の嵐《あらし》にもみくちゃにされながら三度目の限界を迎えていた。遅れて林田が志水の中で吐精すると、汗の滴が首筋や頬にぱたぱたと落ちてきた。一粒すくって舐めると、微かに塩味がする。うっとりと余韻に浸る志水の中で、彼の楔がひくついていた。

林田は絶頂感に長い時間浸りに浸って、最後に大きく息を吐いた。

志水の脚を肩から下ろして、繋がったままで隣に横たわると、腰を引き寄せてキスを欲しがった。しかし志水は触れる直前で「駄目」と手で遮った。

「セックスの後はキスだろうが」

「変な所をしつこいくらい舐めたくせに。歯を磨くまではしないよ」

「冷たいな」

「そう？　私はそんなに冷たい？」

ゆるりと腰を揺さ振ると、おっと…と林田が息を切った。

「あっついな……俺の、きっとふやけてるぞ」

「それでも冷たいと言えるのかな」

「まあ……ここは別問題だな」

キスはやめて、二人は着乱したままで抱き合い、汗ばむ躰を癒やした。

雨音はまだ聞こえている。今が何時かもわからないまま、山小屋の夜は更けていく。

あ…と、志水が眉を顰めて、こめかみを押さえた。

「どうした」

「ごめん。……頭痛がはじまった。……限界が来たみたいだ。そろそろ意識が落ちる」

「落ちるって……。つまり『僕』になるってことか？　クソッ、もうかよ。早すぎだろ」

「私も……まだ……穂純……まだ、一緒に……」

「ああ、俺の側にいろ……行くな、一之」

「うん……」

頬に触れた彼の指に、自身の指を絡めながら、霞《かすみ》がかる意識を叱咤《しった》した。けれど二人の想《おも》いとは裏腹に一度始まった苦痛は速いスピードで蝕《むしば》んでいく。

多分仕方ないのだろう。今の志水は林田の記憶がベースになった人格だ。そう長くは保《も》たないことは、自分でもよく知っていた。

こめかみを刺す痛みに意識が奈落《ならく》の底へ落ちていくようだ。

おい！　と、肩を揺さ振る林田の問いに答える間もなく、志水は抵抗することもできずに意識を手放していた。

＊

目蓋の向こうに眩《まぶ》しさを覚えて志水一之が目を覚ますと、木立の隙間《すきま》から差し込む朝日に目を細めた。

手で光を遮ると、心地よい風と一緒に隣で「起きたか」と林田の声がする。なぜか二人は軽トラックの荷台に乗せられて、肩を寄せ合っていた。

「お前が以前より痩《や》せていてくれてよかったよ。背負って崖《がけ》を上がるのも楽々だったし、人生初のヒッチハイクも一発で成功だ。俺は運がいい」

強がりを言うわりに林田は酷く疲れた顔をしていた。顔や手も傷だらけで、服も所々破けているし泥だらけだ。志水の格好も随分と汚れていたが、彼に比べればマシなほうだと思えた。

「ここから近い交番の近くで降ろしてくれるってさ。荷台に乗っているのがバレたら迷惑かかっちまうから、そこからは徒歩だけどな。歩けるか？」

「大丈夫」

「まだ頭痛はあるか？」

「少しだけ……でも我慢できる」

いい子だ。となぜか頭を撫でられたが、妙にこそばゆく感じられて心地が悪かった。

「――小屋でのこと、覚えているか」

林田に訊《き》かれ、志水はぎこちなく頷いた。

「何をしたかも？」

「……覚えてる」

「そうか。覚えてるのはありがたいな。で？　どうだった。俺の記憶と繋がった感想は」

「……面倒臭い二人だ。あんたは寂しがってたし、やたらエロかったし、傷つけたことで負い目もあった。それに入院中、入院着を見て興奮してた」

「だから前に俺の言ったとおりだろ」

「欲望がダダ漏れだし、性欲の塊だ」

「仕方ないだろうが。我慢できたら、はじめからヤッてない。誘ったのはお前だろ？」

確かに、そうだった。林田は嘘《うそ》を吐《つ》いていなかった。

「記憶を見ても、僕はまだ実感がない。以前の僕と、今では違いすぎる」

「だったらもう一度試してみるか？」

後ろ頭を掴まれ、キスされそうになったが手で押さえた。山奥だから後続車もなく、朝の空気がさわやかだ。まだ少し肌寒いが、夜の寒さに比べればたいしたことはない。

おい。と、林田が不機嫌になったが、志水は尚も強く押し返した。

「昨日の夜、何をしたか覚えていると言っただろ」

躰は怠いし、下着の中も最悪だった。誰のせいか、はっきりと覚えている。

「ちっとも違わねぇ。前のお前も、今のお前も同じだ。何も変わらないよ」

キスを諦めて、林田が肩を抱いてきた。それも押し返そうとしたが、荷台は揺れるし、風も強い。ぬくもりを逃がすのは惜しくて、彼の腕の中におとなしく収まった。

荷台には泥にまみれた鍬《くわ》やバケツが、ごとごとと音を立てていた。延々と続く木々は、紅葉をしていて目に鮮やかだ。綺麗だった。

「……以前の僕は――『私』は、弟から逃げるために必死だったんだ。同時に弟の異変を治したかったのかも」

だから精神病質の専門家である林田を選んだのかもしれない。ふと、思ったことを告げると、林田がかぶりを振った。

「腐っても弟か……気持ちはわかるがアレは治らない。治療法はない」

「でも、」

「捕まえられたくなかったら、お前が逃げるか隠れるしかない。あいつを閉じ込められないならな」

「……それって、……どういうこと」

「確証がないから言いたくなかったが、両親が危険を感じて兄弟を引き離したのなら、つまりそういうことだ。あとは今後弟が罪を犯さず、まじめに仕事に励んでくれることを願うだけだ。俺たちにはそれしかできない」

忘れろ。と、言われて、志水は深く俯《うつむ》いた。

両親の顔も弟の名前さえ覚えていない今、志水がしてやれることなど何もないことは、薄々わかっていた。今の志水は敗北者だ。林田の言うとおり、逃げて隠れて、息を潜めていくことだけしかできない、ただの失敗者。

「今は俺たちにできることをやればいい」

「え……？」

林田の一言に暗い顔を擡げると、車がカーブを曲がって、躰が傾く。

「能力を使え。それで、さっさと殺人犯を捕まえて、リリーのクソババァの鼻を明かしてやるんだ」

「弟と関係ないことだ」

「俺は弟に、とは一言も言ってない。俺はお前さえいれば、どうでもいいんだ。そもそも弟は好みじゃないしな」

「好みは合いそうだけどね」

　志水は笑って、さっきからちらちらと邪魔をする髪を押さえた。

　車がカーブすると、視界が開けて遠くの街並みがよく見えた。秋晴れの空に千切れた雲がゆっくりと流れている。昨日の騒動が嘘のようだ。気持ちも晴れていた。

「どうしてこんな能力が僕にあるのかわからないけど、多分誰かと繋がりたかったんだと思う。——だから穂純を見つけられたんだ」

「………………」

　おう。とぎこちなく笑って、林田がまた志水の髪をくしゃくしゃと掻き回した。

「雰囲気的に、ここで一発キスだろ?」

「だから嫌だって」

　懲りない男だ。

　ぼんやりしていたらキスされかねない。今度こそ彼の腕から離れると、志水は天高く広がる秋空を見上げていた。

　交番が遠くに見える信号脇《わき》で荷台を降り、運転手に礼を言って別れた二人は、歩いて保護を求めた。

西河内署の関口《せきぐち》に身元確認が取れたおかげで帰りの旅費も確保し、なんとか西河内に帰ってこられたのは昼の二時を回った時刻だ。できることなら泥のように眠りたいが、ベッドに入るのはもう少し後になりそうだった。

林田が、すぐさま西河内駅から関口を呼びつけて、覆面パトカーに志水を連れて乗り込んだからだ。

「お前ら！　パトカーはタクシーじゃねーぞ」

「そんなことは言われなくてもわかる、お前と違って馬鹿《ばか》じゃないんだ」

「つーか、きったねぇな。なんだその格好」

信号で停車中に助手席の林田と、後部座席の志水を交互に見て、事情を知らない関口は呆れていたが、林田は説明する気はないらしい。志水も癒えない頭痛のせいで関口のために口を開く気力はなかった。

「志水、大丈夫か」

「平気。すぐやれる」

運転席で関口が「何が？」とルームミラー越しに視線を寄越してきたが、それを無視したまま志水はドアに凭《もた》れ、意識を空へと飛ばしていた。

瞬く間に広がる鮮やかな糸の草原を見下ろしながら、意識を集中させていく。強烈な感情が発する毒々しい赤い色、ただその細い一本だけを探して、志水は無限に広がる草原の中へ意識を走らせていく。

どこにある、どこに……近くにあるはずだ。あの夜、彼女が脅《おび》えていたのも志水の家からそう遠くはなかった。

早く、早く……焦る気持ちを抑えながら目を凝らした直後、

「あった……っ」

赤く黒く明滅して、酷く騒がしく揺れる糸を草原の中で見つけた。

どこだ！　と遠くで林田の声がして、集中が切れそうになった。糸を見失うわけにはいかない。志水は懸命に堪えながら、赤黒い一本を凝視し続けた。

「殺人現場のすぐ近く。古い一軒家……平屋の、モルタルの……端の部屋の、カーテンが引かれてる……緑の、カーテンの………」

ぐん、と躰が揺れて、志水の躰が座面に倒れた。

微かに聞こえるエンジンの音と、林田と関口の言い争う声が煩い。いいから、行け！と林田が怒鳴り、パトカーが加速する。

「早く……近くに、……消えそうな糸がある………早く」

繋がるなよ、一之！　――林田の必死な声が繋がりそうな意識を引き止める。志水は懸命に誘惑に耐えた。

そうだ。そこまでしなくてもいい。繋がってしまえば自分の記憶がまた削られてしまう。今は不気味な色の糸さえわかれば、必ず犯人に辿《たど》り着《つ》けるはずだ。林田を信じようと心に決めて、志水は糸を追い続けたが、昨日からの疲労と頭痛のせいか、時折意識が途切れそうになった。

糸を見失ったら明確な場所がわからなくなってしまう。早く、早く、と繰り返していたそのとき、肩を揺さ振られて意識が躰に戻った。

「あ…」と声を零して目蓋を開くと、助手席から林田が顔を覗《のぞ》き込《こ》んでいた。

「あの家か？」

フロントガラスの向こうに視ていた家があった。頷くと、また頭痛がぶり返してきて後部座席に横たわった。鼓動に合わせてこめかみと後頭部がズキズキしている。

「……多分、犯人の他に誰かがいる。凄く弱ってる。早く助けないと、また……」

「わかった。関口、行くぞ」

車を降りようとした林田の腕を、関口が「待った待った！」と慌てて摑んだ。

「あんたら正気か⁉　犯人って、証拠もないのに行けるわけがないだろうがっ」

「俺たちがもたもたしている間に、二人目の被害者が出たらどうするんだよ。いいか？　犯人はリリーの店の子のストーカーだ。恋愛関係にあると妄想して拉致《らち》している可能性がある。二人目の子を殺しても、また同じことを繰り返すぞ。妄想は止まらない」

「だ、だったら、とにかく一度署に戻って課長に報告しないと！　俺一人で判断できることじゃないっ」

「お前、刑事だろうが！　生活安全課から刑事課に行ったのは、なんなんだよっ」

「知らねーよ！　俺は別に異動の希望なんて出してねーし、寧ろがっかりしてんだ！　だいいち今こうしている間に、二人目の被害者が殺されそうになってるとかなんの話だ！　呼びつけたかと思えば飛ばせだの急げだの！　だいたいお前ら、あの家に被害者と犯人がいるってなんでわかるんだ⁉」

「説明は後でするると言っただろうが！　いいから黙ってついてこい！　ほら行くぞ！」

「だ、だからその説明を先にしろってんの！　俺からすればお前らを逮捕したほうがいいように思えるぞ！」

「もういい、じゃあそこでおとなしくじっとしてろ！　役立たずが！」

強引に出ようとした林田を、関口が羽交い締めで邪魔をしている。

狭い車内で暴れる二人は当分決着が付かなそうだ。呆れた志水は仕方なく半身を起こしてみたが、酷い倦怠感《けんたいかん》に躰は重たくて再びシートに倒れるしかなかった。こうしている間も二人は大人げなくぎゃいぎゃいと騒いで煩い。刺すような頭痛には苦痛だ。

志水が呻くと、林田が動きを止めて関口を睨《にら》んだ。

「あぁくそ！　お前も刑事だろう！　なら手柄の一つも欲しくないのかッ！」

「そんなもん欲しがってたら西河内署になんぞいねーよ！　とにかく俺は帰る！　巻き込まれるのはごめんだ！」

させるか！　と林田がハンドルを摑み、長い足がアクセルを踏みしめた。

途端に車体が大きく揺れて、ぐんっと全身に重たいgがキた。

「おぉおおおおいいいぃいい……！」

関口がパニックを起こしたように声を引き攣らせた。

「動くなよ、一之ッ」

林田が叫び、志水はシートの上で頭を抱えていた。エンジンが唸り、タイヤが悲鳴を上げている。

「わあぁああ……！　ぎゃあああ…………――――！」

関口がシートに摑まりながら絶叫を上げた。

「一之！　愛してるぞ……ッ」

林田の馬鹿らしい告白に口元が笑みに緩んだその瞬間。

――衝撃が塊となって全身を殴っていた。

終章

自然と目蓋《まぶた》が開いて、林田穂純《はやしだほずみ》は目を覚ました。

ぐーっと伸びをしたまま少し残る眠気に微睡《まどろ》んでいたが、気合で起き上がった。

窓の外は既に明るかった。向かいの雑居ビルの奥の空は昼時の色をしている。秋晴れの空を眺めるには景色の悪い部屋だ。林田はベッドを下りて身支度を調えると、部屋を出て下の喫茶店のドアを開けた。

「あら先生、今日は遅いのねぇ」

ダンデライオンの女主人の聖子《せいこ》は今日もレトロな、ふんわりと膨らんだブッファン袖《そで》の白いブラウスに花柄のエプロンだ。

まあな、とあくびの零《こぼ》れる口を押さえながらカウンター席に腰掛けると、モーニングを頼み新聞を開いた。隣では既に志水一之《しすいかずゆき》がモーニングを食べている。林田が来たというのに一瞥《いちべつ》の挨拶《あいさつ》もなく、のろのろと食事をしながらぼんやりと朝の情報番組を見ている。

林田もテレビを見ると、ゲッと声が出ていた。

「チャンネル替えろよ。ったく、嫌味か」

「あーら、どこも一緒よ。うちはいつもこの番組って決めているの」

「だからってどうして俺を叩《たた》いてる番組を、飯食いながら観《み》なくちゃならねーんだ」

「自業自得だからでしょう」

昨日までは林田がちょっと何かをするたびに絶賛の嵐《あらし》だったのに、事件が発覚した途端、手の平を返したように悪者か変人扱いだ。コメンテーターが物知り顔でしろうと理論を熱弁している姿は、専門家の林田からすると滑稽《こっけい》だとしか思えなかった。いっそ哀れだ。

「はい、カズちゃん、メロン」

林田にはつれないくせに、志水にはカットしたマスクメロンが出てきた。

「モーニングにしては豪勢だな」

「リリーからの、犯人を捕まえたお礼だよ。さっき届いた」

「リリーが？」

隣で覗《のぞ》き込《こ》む林田を邪魔そうに肩で押し返して、志水がスープスプーンで盛大に食べだした。なるほど。メロンは好きらしい。頬張《ほおば》る顔が幸せそうだ。

「律儀な人よねぇ。わざわざこんな桐箱《きりばこ》に入った立派なメロン。——と、財布と携帯」

「ああ？　俺の！」

エプロンのポケットから見慣れたそれが出てきて驚いた。車のキーもある。財布の中身も無事だ。よかった。今日あたり携帯を新調しようと思っていたところだ。

携帯は無傷だが充電がゼロになっていた。充電した後、メールや留守番メッセージを確認するのが恐ろしい。

「返す気があるなら、もっと早く返せよな！　あれから一週間経《た》ってんじゃねーか」

「おかげで大変なことになっているみたいだものねぇ」

「他人事《ひとごと》だと思って……」

「実際他人事だしね——あっ」

くすりと笑った志水のメロンを横取りして大口でかぶりついてやると、大きな瞳《ひとみ》が悲しみに見開かれて、しょんぼりと肩を落としていた。

「ンもう、いじめないの。カズちゃん、また切ってあげるから」

「俺だって食う権利はあるだろうが」

「先生は少し反省したらいいのよ。あっちこっちに迷惑かけてるんでしょう」

「うるせぇなぁ……。連絡しようにも連絡先は全部携帯だったんだ」

あらあら、とつけまつげが重たげな聖子の視線が、呆《あき》れたようにちらりとテレビを向いて、林田は舌打ちした。

聖子の言うとおり、林田はいま各方面に多大なる迷惑をかけている最中だった。

事のはじまりは、関口からの突然の連絡で講演会をドタキャン。翌日には行方不明になった志水を探すために朝の情報番組をドタキャン。さらに数日間メディア仕事と講義をすべてキャンセルしたうえに、スモーキングリリーに携帯を奪われたおかげで連絡もできぬままドタキャンに次ぐドタキャンで、ワイドショーの格好の餌食《えじき》になっていた。

今テレビでは、顔を隠して音声を変えた女性がドタキャンした講演会での裏話をしていた。確かにあのときは志水に逢《あ》える嬉《うれ》しさに、他のことなんてどうでもよくなっていたから弁解の余地はないが、あしざまに『怒鳴られて怖かったです』なんて事実無根な情報が垂れ流しされている状況は観ていておもしろいわけがない。

「チャンネル替えろって」

はいはい、と聖子が漸《ようや》くチャンネルを替えたが、そこでも林田が話題になっていた。先日『林田先生がタイプです』と可愛《かわい》いことを言っていた女性アナウンサーが、「何かの間違いであってほしいです」と暗い顔で言ったが、すかさず「でもねぇ！」と司会者が全否定していた。学者のくせに常識外れとは余計なお世話だ。林田は犯罪心理学者であって、常識の専門家ではない。

「先生、話題に事欠かないわねぇ。今は悪い意味で」

「うるせーな……ったく、俺ばっかりが悪者かよ」

「でもまあ、そう悪いことばかりじゃないわよ——これ、箱の中に入っていたの」

そう言って、聖子が差し出したのは一枚のカードだった。受け取ると携帯電話の番号らしきものが書かれている。

「電話番号……？　なんだこれ」

「きっとリリーさんの直通番号ね。それって貴重よ。この街で何人が知っているかしら」

差し出されたカードを受け取った林田はまじまじとそれを眺め、貴重ねぇ、と呟《つぶや》いた。

「つまり、何かあったらかけてこいってことか。なるほど」

「悪いことばかりじゃなかったじゃない。この街にいる限りは頼れるわよ、あの人」

「咥《くわ》え煙草《たばこ》で男を顎《あご》で使うようなばあさんに、頼りたくもねぇよ」

ホットコーヒーを受け取り、ふて腐れながら一口すると、思った以上に熱くて口を押さえた。途端に鞭《むち》打《う》ちした首が鈍痛を発して、今度は首を撫《な》でる。

「リリーはともかく、世間の評価は、俺は横暴で傲慢《ごうまん》で高飛車な犯罪心理学者ってとこか」

ある意味当たってる。と、志水がぽつりと言って、ほくそ笑んでいた。

「でも穂純がいなかったら、彼女は死んでたと思うよ」

珍しく志水が嬉しいことを言ってくれたが、食べかけのメロンにコーヒー用のミルクをぶっかけだしたことのほうが気になってしまった。それ、食うのか？　と訊《き》く前に大きめの一口を頬張って、にっこりと幸せそうな顔だ。

子供かよ、と呆れつつも志水の可愛い顔に口元を緩ませていた。

「犯人を捕まえたんだし、被害者の子も救えたんだから、感謝状とか出るのかしら」

「出るわけないだろ。パトカーで家に突っ込んだんだぜ。逮捕されないだけマシさ。関口もしこたま叱《しか》られたらしいしな」

あの日。関口が渋りに渋ったおかげでキレた林田は、犯人がいると思われる家に覆面パトカーごと突っ込んだ。平屋の家の玄関をぶち破り、エアバッグに弾《はじ》かれ鞭打ちになりながらも突入すると、薄暗い部屋の中で倒れたきりぐったりとした美桜《みおう》と、騒動にパニックを起こしている男を見つけた。

後には引けなくなった関口が文句を言いながら男を現行犯として緊急逮捕。救急車の手配をして彼女を搬送。それからは林田と志水を巻き込んで長時間の拘束と事情聴取が行われたが、しかしあそこに犯人がいたことを二人が証明できるはずもなく、かといって志水の能力を言うわけもいかずに警察には酷《ひど》く怪しまれた。

「たまたま突っ込んだ家が犯人の家でした」――なんて適当な言い訳が通じるはずもなく、西河内署には以前から遺恨があるだけに事情聴取というより嫌がらせに近い。とはいえ、犯人を検挙して、二人目の被害者を救出できたことで翌日には二人とも釈放されることになった。

これで一件落着かと思いきや、どこからかマスコミが嗅《か》ぎ付《つ》けたらしく、この騒動を『犯罪心理学者　林田穂純の暴走』として煽《あお》りに煽って報じていた。

今もチャンネルを替えたばかりの番組では犯人の家の前が映されていて、トタン板で保護された玄関が映し出されている。わざわざCGアニメーションにしてまで当時の再現VTRを作っているが、なんとなく当たっているようで、なんとなく外れている内容だった。

林田の自宅マンションには二十四時間マスコミが張り付き、到底近寄れない。おかげで志水の自宅で同棲《どうせい》生活をはじめたわけだが、「僕」の志水の反応は微妙だ。しかし、追い出す素振りはない。勿論《もちろん》家賃を払ったのは林田なのだから、一緒に暮らしたって悪いことは何もない。

事件はひとまず解決だが、仕事のドタバタはまだ続きそうだ。なにより志水との距離はまだ完全に縮められたわけではなさそうで、林田にとってこれが一番の問題だった。

「でもまあ、女の子が無事でよかったわ。物騒な街だから、みんな助け合わないと。マスコミは酷いこと言ってるけど、女の子は感謝してると思うわよ」

はい、といつものモーニングプレートに大きめにカットしたメロンが載っていた。ちょっとしたご褒美か。ほら、と志水の皿に置くと、林田に向かってきらきらとした瞳を向けてきた。

「なんだ？　キスするか？」

「メロンが嫌いなら、僕がいつでも食べてあげる」

「あー……ありがとうな」

お礼のキスの一つも欲しいものだが、「僕」の志水は「私」よりもガードが固くて、この一週間一度も手を出せていなかった。事件解決のキスもなく、欲求不満が日に日に積もっていくが、簡単に諦《あきら》める林田ではない。

コロンコロン、とドアベルが鳴って、常連の老紳士がやってきた。

「カズくん、おはよう。先生も」

「どうも」

いつの間にか顔なじみになってしまい、老紳士とは挨拶を交わすようになっていた。

彼が座ると、聖子がそそくさとカウンターを離れていった。老紳士を前にすると、彼女は途端に初恋を覚えたばかりの乙女みたいになる。

「あいつ、じいさんを狙《ねら》ってんのか?」

「聖子さん、彼氏いるよ」

へー…と、コーヒーを飲みながら気のない返事をした。聖子がカウンターから離れている間にチャンネルを替えようとすると、ワイドショーからニュースに切り替わった。

男性アナウンサーが西河内の事件を報じると、林田も志水も食事の手を止めていた。

ニュースの内容が真実かどうかは不明だが、犯人は第一の被害者女性の弟らしい。

姉への執着がエスカレートして拉致《らち》監禁、殺害にまで至り、責任逃れのために近所の空き地に放置したようだ。しかし姉への執着が消えずに、今度は姉に似た女性を拉致監禁した。あの平屋の中で何をされていたのかは想像したくない。

「お前は姉の気持ちに同調したんだな」

茹《ゆ》で玉子の殻を剝《む》きながら林田が言うと、志水が隣で小さく頷《うなず》いた。

「彼女は弟が怖かったんだ……一人になることも」

「一人じゃないさ。だって秋の寒い夜にお前が添い寝してやったんだからな。まあ、髪を切って髭《ひげ》も剃《そ》っていたら、もっと喜んだだろうけど」

「風邪を引いてたよ、きっと」

「そのときは俺が看病してたさ。隅々まで躰《からだ》も拭《ふ》きまくったしな」

「穂純に看病されても僕が休まらない。風邪なんて寝ていれば治るし」

「寝ながらにして汗を掻《か》く方法もあるしな。一之のためなら、俺は励むぞ」

「ちょっと。あんたたち、いつから下の名前で呼び合うようになったの？」

聖子が二人の間からぬっと顔を出してきた拍子に、食べかけの玉子が滑って黄身が皿の上で砕けてしまった。

あーあーと白身だけ食べる林田を、「ねえ！」と怖い顔の彼女が返事を急《せ》かす。

「二人仲よくキャンプしたからな。雨に降られて、ずぶ濡《ぬ》れになっちまったけど。な？」

うん。と志水もぎこちなく頷いて、ポテトサラダを食べていた。少し照れた横顔が可愛くてにやけると、聖子が神妙な顔でかぶりを振っている。

「カズちゃん、男は顔じゃないの。不幸と不運が纏《まと》わり付《つ》いているような男はやめときなさい」

「おい。なんだよそれ」

「穂純は不幸かもしれないけど、僕は幸せになるんじゃないかな」

「お前が幸せになる……へぇ？　だったら俺も幸せだ。それもすこぶるだ」

一緒にいられるならそれが幸せだ、と痛い首を庇《かば》いながら胸を張った林田を見て、くっと志水が小さく笑う。カウンターに戻った聖子も。やれやれ、と呆れた様子で苦笑していた。

馬鹿《ばか》にされている気がするが、まあ、こんな暮らしも悪くない。「私」ではなく「僕」の志水も可愛いのだから。

「早く食っちまえよ。二時にリフォーム会社が来るから」

「頼んでないけど」と志水は眉《まゆ》を顰《ひそ》めたが、家賃を払っている以上は林田が家主なのだ。

ボロ部屋で暮らす以上は徹底的に改装してやるつもりだ。

愛の巣作りも、志水との関係も手間を惜しむつもりはない。

精々期待していろ、と心の中でほくそ笑みながら、林田はいつの間にか切り替わったワイドショーを見ながら、しつこいな、と小さく舌打ちすると、隣でまた志水が小さく笑っていた。

あとがき

こんにちは、はじめまして鏡《かがみ》コノエです。初の文庫ですよ。わーい、嬉《うれ》しいなぁ！

お手にとってくださり、本当にありがとうございます。現代物にちょこっとだけ不思議な能力が混ざったお話、愉しんでいただけたかなぁとそわそわしております。

へっぽこな私を陰で支えてくださった、K猫さん、みかんさん、担当Kさん、編集部の皆様、そしてイラストを手がけてくださった石原《いしはら》先生に心から感謝です。とある風の強い日、工事用の保護シートがばっふばっふとはためく講談社の前で「これからご厄介になります」とこっそり手を合わせてきた私です。刊行された暁には、また行ってきますね。

そして、一人でも多くの方が、林田《はやしだ》と志水《しすい》の物語を愛してくださいますように――と願いながら番外編なども書いていますので、そちらも機会がありましたら読んでください。

なにより、皆様とお会いする日が再び訪れますよう、編集部に感想をガンガン送りつけてやってくださいまし。鬱陶《うっとう》しいくらいが丁度良いと思います（笑）ではでは～！

鏡コノエ

N.D.C.913　271p　15cm

鏡コノエ（かがみ・このえ）
同人誌サークル【OPHELIA】で活動中。
Twitter：https://mobile.twitter.com/konoe_com
pixiv：3090437

講談社X文庫

white heart

LOSER《ルーサー》　犯罪心理学者《はんざいしんりがくしゃ》の不埒《ふらち》な執着《しゅうちゃく》

鏡《かがみ》コノエ

●

2017年8月3日　第1刷発行

定価はカバーに表示してあります。

発行者——鈴木　哲
発行所——株式会社　講談社
東京都文京区音羽2-12-21 〒112-8001
電話 編集 03-5395-3507
販売 03-5395-5817
業務 03-5395-3615
本文印刷—豊国印刷株式会社
製本———株式会社国宝社
カバー印刷—半七写真印刷工業株式会社
本文データ制作—講談社デジタル製作
デザイン—山口　馨

©鏡コノエ　2017　Printed in Japan

落丁本・乱丁本は購入書店名を明記のうえ、小社業務あてにお送りください。送料小社負担にてお取り替えします。なお、この本についてのお問い合わせは文芸第三出版部あてにお願いいたします。

本書のコピー、スキャン、デジタル化等の無断複製は著作権法上での例外を除き禁じられています。本書を代行業者等の第三者に依頼してスキャンやデジタル化することはたとえ個人や家庭内の利用でも著作権法違反です。

ISBN978-4-06-286955-3